謎の写真コレクションあ〜こ編

あ アナログ停波

2011年アナログ停波で焦ってる連中に、いってやりたいね。「こちとらとうの昔にお払い箱だ」ってね。

「ここで犬に糞をさせないで」の看板の写真を集めているうちに、100枚を超えたので細分化。
ウンコの絵が描いてあるものだけを並べてみました。

い犬糞看板

大の大人が真面目にウンコの絵を描いていると思うと面白いですね。自分でウンコをしておいて照れたり（左ページ上）すましたり（左ページ中・右下）ふてくされたり（右上）さまざまです。

当店は24時間仕上り
コート ¥750
Asahi

婦人服
M·L·LL·LLLサイズ
洋品のマルスズ

う 嘘八百屋

一見普通の八百屋さんなんですけど、
しれっと嘘ついてます。

なにより先に衛星放送用のアンテナ設置にお金をかけていただくとは、テレビ関係者は足を向けて眠れない。

え 衛星第一

トタン、洗濯物、パラボラの組み合わせがグッとくる。

地域防犯のまち

お おちてぶ

落ちている手袋の写真を撮りまくるうちに気づいたが、冬の初めと終わりに沢山落ちているような気がする。そんな日の天気予報で「朝のうち低い気温も、昼過ぎから上がるでしょう」とかいわれると「おちてぶ日和だ」と思う。

右のピンクの手袋は、ニューヨークの自由の女神の真ん前でカモメが落としていったもの。そんな物語は微塵も写っていないけど。

少々ぼけてみました。すみません。

か 亀田兄弟

一枚の写真に何匹の亀を収めるかを後輩芸人のキングオブコメディ今野君と競ううちにキリがなくなり、数もそうだが「収まりのよさ」も評価することに。

ドミノ倒しのごとく並んでいます。

コレがキリがなくなった頃の写真です。今は「陸に上がっている亀」に限定されています。

数え方としてはこの場合「亀田九兄弟」と数えます。今野くんが決めたので仕方ないです。

目が血走り、牙をむき出し、ひく気満々です。 運転手も同じ気持のように見えます。しかし、自転車の子供はこいつらのいなし方を知っているようで余裕があります。

このように真人間ならぬ真車でも事故は起こります。

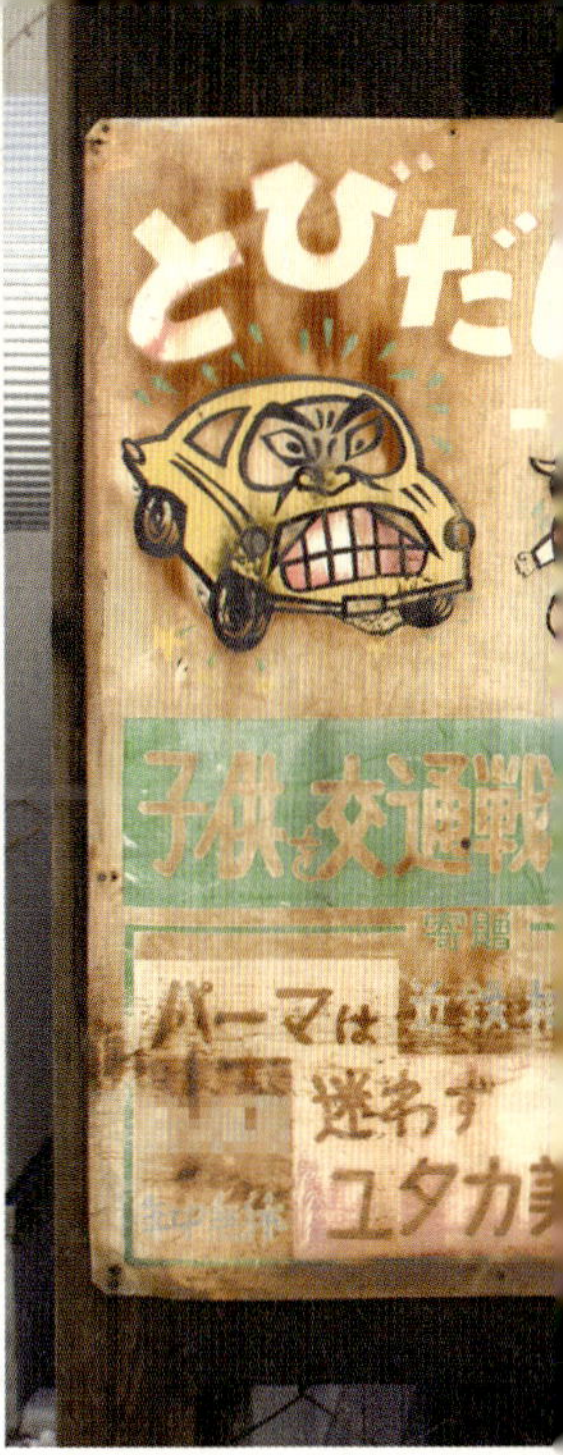

僕はこの車が一番怖いです。いっちゃってます。運転手はそれでも冷静そうですが、子供もいっちゃってるので事故は避けられないでしょう。

頑固親父風の車です。おそらく国産車でしょう。絵に全くスピード感がないので、大事故にはならなそうです。

き 狂暴車

「飛び出し注意」の看板を集めているうちに、膨大な数になってきたので、これまた細分化してみました。自動車の表情が怖いものを集めました。

大きさを考えると犬から出たものとは考えにくいです。女の子のものなのか？　長い便秘明けなら…もしくはウンコを飼って育てているのかも？

く 糞看板

前出の「犬糞看板」をさらに細分化しました。もはや糞が主役です。

け 現実を見よ!

LLサイズのものの場合、このマネキンに着せたほうが、自分が着た時の姿がわかっていいと思うのですが、女心は難しいらしく、売れていないご様子でした。

こ怖めし

食べものってよく見ると怖い。白子は脳みそそっくり。沢山詰めたパックを見ると、森の妖精さんたちが集団でぶち殺されたよう。

たこを丸ごと干しているのですが、 うっかり覗き込むと顔をガッチリつかまれそうです。

そして数日後、胸を突き破ってこいつが生まれでると。あと、この三品とも究極的にうまかったです。

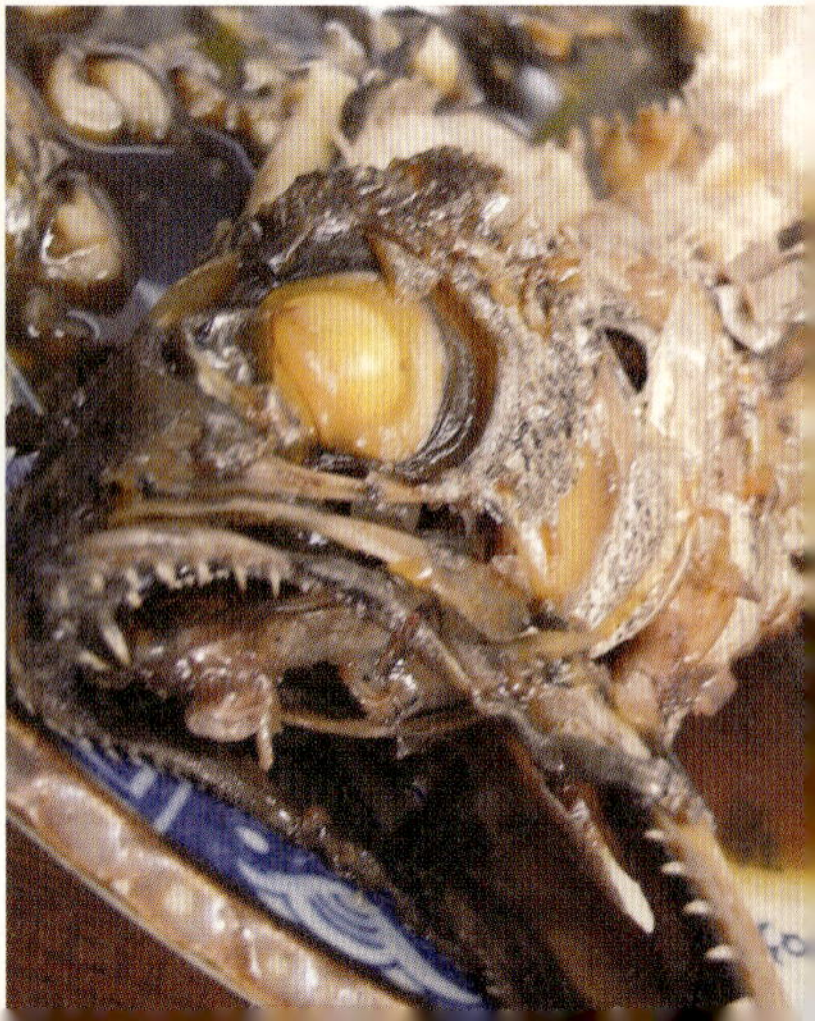

のはなし

にぶんのいち〜イヌの巻〜

伊集院光

宝島社
文庫

宝島社

まえがき

初のエッセイ集『のはなし』を出させていただき、二冊目の『のはなしに』までも続けて出させていただきました。いよいよ調子に乗って『のはなしご』に取り掛かろうかと思ったり、「それは調子に乗りすぎ」と思ったり、「そもそも次に出させてもらうとすれば『のはなしさん』だろう」と自分に突っ込んだり、「やっぱり『三度目の正直』というから、もう売れやしないだろう」、「でも『二度あることは五度ある』というし…」。そんな最中に、宝島社様から文庫化のお話が舞い込んだのです。

あまり混んでいない江ノ電の椅子に腰掛けて、薄い茶色のブックカバーのついた文庫本を読んでいる、髪の長い色の白い女の子が大好きな僕。体育祭の応援合戦の趣向のために男子生徒から借りただぶだぶの学ランを着て鉢巻を締める女の子が大好きな僕。水着の女の子が好きな僕。っていうか単に女の子が好きって話になってる。文庫本関係ないや。とにかく、僕は二つ返事でＯＫさせてもらいました。

かくして今貴方様のお手にお取りいただいているか、おしりの割れ目に挟んでいただいているであろう『のはなし にぶんのいち～イヌの巻～』と、同時発売の『のは

なし にぶんのいち～キジの巻』の出版が決まりました。

「『のはなし』は大きすぎて持ち歩きにくい」とか「アタクシ育ちがよすぎて文庫本より重いものはツルハシしか持ったことがございませんの」とか「おしりの握力が弱くて、挟むのは文庫本が限界」「文庫本が好き」といった方々に読んでいただければありがたきしあわせとばかりに、文庫化にあたって宝島社さんからの要望はコレといってなかったにもかかわらず「何か文庫版だけのオリジナル企画をお届けしたい！」とテンションが上がり「日頃撮りためている写真を載せていただけないでしょうか!?」というと、これまたトントン拍子で話が進み「イヌの巻」「キジの巻」両方に32ページずつ、合計64ページものカラー写真のページをいただくことになりました。

ここ5、6年、暇にあかせて撮り続けた意味不明な写真が、コンピュータのハードディスクの中に3万枚。

いつもは一人で見ては「こりゃあ傑作だ」と笑ったり、かみさんに見せてまたもや僕一人で笑ったり、後輩芸人に無理やり見せて僕一人が笑って後輩芸人が引きつった愛想笑いを浮かべている写真が、ついに日の目をみる時が来た！ 大喜びで写真整理をはじめたものの…コレが困ったことに（巻末に続く）、

のはなし　にぶんのいち～イヌの巻～＊目次

あ

「あそこが痒い」の話

2年くらい前だろうか、おちんちんが急に痒《かゆ》くなって困ったことがある。この書き出し、タレントがしれっと書くような話じゃない。まして、初《しょ》っぱなから書く話でもないだろう。しかしこの本を、いま偶然手に取り、買おうか買うまいか迷っているあなたが「こんな恥ずかしい話を立ち読みするのはちょいと恥ずかしい」とばかりに購入してくれればこれ幸い、続けることにする。

とりあえず、痒み止めが欲しいのだが、場所が場所だけに何でも良いというわけにはいかないだろう。すぐそばの太腿《ふともも》に塗って何でもないアンメルツが、ほんの少量付着しただけで「火事だー！」となるあの場所だもの。

「おちんちんに塗っても大丈夫な痒み止め」。これを指定で買いに行くのが恥ずかしいなんてもんじゃない。少年時代にエロ本を買いに行ったのよりも恥ずかしい。しかも、ドラッグストア全盛でウチの周《まわ》りにひなびた「薬屋」がない。ギャルで埋め尽くされた黄色い看板をくぐり、コスメコーナーを通り越し、レジで「おちんちんに塗っても大丈夫な痒み止めを…」などという位ならおちんちんの痒みが元で死んだほうがましだ。

おちんちんの痒みに耐えながら（しかし、一本のコラム中に何回「おちんちんの痒み」という言葉を書いているのだ僕は）夜の街をさまようこと小一時間、なんとか見つけたひなびてはいないが、ドラッグストアという感じではない薬局に入店することを決意。いつもはかぶったことがないメジャーリーグの野球帽を更に深くかぶりなおし、いざ！

しかし一番の難関がレジでの尋ね方だ。「おちんちんが…」とはいい出しにくい。「こういう場所だから医学的な表現なら問題ないか…」と思ったが、おちんちんを表す医学的用語は洋物ピンク映画のタイトルの定番になっているカタカナ3文字のアレだろう…とてもじゃないが口に出せない。テレビのコマーシャルで聞いた「デリケートなところ」という表現も頭に浮かんだが、なんだかもっと恥ずかしい。

古《いにしえ》のスネークマンショーにあった、恥ずかしくて「コンドーム下さい」がいえない男のコントのようにもじもじしていると、レジにいた白衣のおばさんから「何かお探しですか?」といわれた。もうこうなったらいうしかない。この期に及んで一瞬だけ「股間のエッフェル塔が…」と小粋なパリジャン風の言い回しも浮かんだが、結局「股間が…痒い…んで、すけど…」としどろもどろでつぶやくと、おばちゃんは眉一つ動かさず「それならば、こちらを」と棚から塗り薬を差し出した。

しかもおばちゃん、小さな袋に入れた塗り薬を僕に手渡しつつ「これでしたら普通の痒み止めと違って赤ちゃんのお肌でも大丈夫ですから」と付け加えた。おばちゃんが神様に見えた。

「おばちゃん大先生! あなたは、次にこの手の薬を買う時は『赤ちゃんでも大丈夫な痒み止めを下さい』といえば良いのですよ、ということをこのシャイネスボーイに教えてくださっているのですね」

僕は一つ生きていくうえでの知恵を授けてくれたその人に感謝しながら店を出た。

結局、その薬がよく効いたのか、ほどなくしておちんちんは治ったが、薬のチョイス、接客ともにパーフェクトだったあのおばちゃんは一つだけミスを犯していた。袋の中には僕が感謝している間に書いたのだろう、頼みもしない領収書が入っていて、宛名に告げてもいない僕の名前「伊集院光様」が記入されていた。

おばちゃん。気づいていたのね。

「アメ横」の話

高校時代の冬休みは決まって上野のアメヤ横丁でアルバイトをしていた。いわゆる売り子というやつで、栗きんとんやら新巻《あらまき》シャケやらを、声をからして売っていた。

時給は当時としては破格の800円、労働基準法とかそういうのは知らないが、朝6時に店に行き夜12時に終わる1日18時間労働で日給約1万5千円、これが1週間、なんだかんだで15万ほど稼いでいた。

えーい、そのお店ももうないし時効だろうから書いちゃうけど、実は歳をごまかして中2からやっていた。稼ぎ時のアメ横、しかもかなり肉体的にきつい仕事だから辞めるバイトが続出で、人手はいくらあっても足りない時期ときて店側もろくに履歴書なんか見なかったし、当時から体もでかかったし、自分でいうのもなんだけど僕はかなりできる売り子だったので、年齢のことでとやかくいわれたことはない。

中2の15万円。大変な高給取りだった。その代わりといっちゃなんだが、青春時代の冬休みにウインタースポーツなんぞ一切したことはない。クリスマスの思い出も皆無。15万と引き換えに「奥さんシャケが安いよ！　シャケが安いよ！　シャケだシャケだシャケだよー！」とがなり続ける中学生。大事なものを売り渡した気もする。

話戻って、僕がどれだけできる売り子だったかという件だが、今の商売にも繋《つな》がる口八丁手八丁と声のでかさとユーモアでバンバン売りまくった。バイトを始めて2年目の冬のこと、「今年も去年と同じお店にバイトに行こうかな」などと考えながら、その時はファミコンソフトを買うためにアメ横を歩いていると、知らないおじさんが声をかけてきた。「去年、○○商店にいた田中君だよね、今年もバイトするの？」。僕が「いいえ、まだ決めてないですけど」というと「だったらうちで働かない？　○○さんの向かいの××商店なんだけどさ、○○さん時給いくら出してたの?」「800円ッスけど」「だったらうちは900円出すよ」。ヘッドハンティングである。そして大晦日《おおみそか》給料を受け取ると「田中君正社員にならないか?」ときた。高校受験真っ只中の(こんなことしてるから見事に志望校落ちた)中3だったし、最終日はいつも97%死にかけていたから丁重にお断りしたが、次の年は12月の半ばくらいに家までスカウトの電話がかかってきた。更にもといた○○商店からの再引き抜きもあり、最終的には時給1200円までいったし、たくさん売れると5000円の出来高契約もプラスされた。

結局落語家になるまで毎冬アメ横でバイトをしていたが、入門を機に辞めた。ただ偶然そのころ毎日通っていた師匠宅がアメ横のすぐ側で、アメ横を通るのが最短距離だったせいで、○○商店の人とも××商店の人ともちょくちょく会ってしまい、そのたび「今年はどう?」といわれて「僕もう働いているんで」と断っていた。あまりにアメ横を通るもんだから「今はどこのお店にいるの? いくらもらってるの?」としつこく誘われたこともある。それが落語家になりたてのお金のない頃だったから正直かなり揺れた。時給を聞いた日には行ってしまいそうな気がしてあえて聞かなかったくらい揺れた。1500円なら師匠の恩も忘れて行ってたかも…。なんだかちょっと中村紀洋（※これを書いた2002年のオフも契約で揉《も》めていた。手直しをしている2007年も揉めに揉めて中日へ。よく揉める人だ）の気持ちがわからなくもないものすごく小さなレベルで。

「アウェイ」の話

休み。家でごろごろしていたら、かみさんが着替えなどしてどこかへ出かける雰囲気なので行き先を尋ねると、かみさんの友人のUさんの家だという。

Uさんとはほとんど面識がないが、彼女の家には3年前、我が家からもらわれていった犬がいるのは知っている。なんだか急にその犬に会いたくなってしまい、同行を申し出ると、かみさんのOKが出たので車の助手席へ。しばらくうとうとしていると、Uさん宅へ着いた。

気がつけば、犬会いたさに埼玉まで来てしまったが、よくよく考えるとかみさんの友人の家に行くというのは初めての経験ではないか。さてどうしたらいいものか。

かみさんが僕の友人の家に同行することは割とよくあることだが、うちのかみさんは社交性の塊《かたまり》みたいな人なので、なんだか当たり前のように馴染《なじ》んでしまい、2回目からは僕とかみさんの共通の友人の家になってしまうことが多い。それどころか、その中の何人かについては、肝心の僕がすっかり疎遠になっているにもかかわらず、かみさん一人の行き来は続いているなんてケースもある。

それに引き換え僕は社交性のなさの塊みたいな人間なので、かみさんの友人が我が家を訪れるという、ホームゲームのケースでもほんの挨拶程度で自分の部屋に引っ込んでしまう始末。さて今回は完全アウェイ。しかも自動車免許を持たない僕に途中退場の権利もなし。どうしよう。

こういう時にかみさんに恥をかかせるのはいけないことだと思う。ある程度かみさんの思う理想の夫をやらなければいけないのだろう。実際僕の友人宅に行った時も、かみさんはそうしてくれているように思うし。

けれども、かみさんが僕に何を求めているのかがよくわからない。いい夫とは何だろう。おそらく大きな音の屁はたれちゃいけないのだろうな、勝手に冷蔵庫を開けてそこにあったハムをかじってはいけないのだろうな。Uさんの家族の鼻の横に大きなほくろがあったとしても興味津々で見つめてはいけないのだろうな…なんだか「やってはいけないこと」は思いつくのだが、「やるべきこと」が思いつかない。

そんなことを考えているうちに、Uさん宅のドアが開いてしまった。出てきたUさんにもUさんの妹さんにも大きなホクロはなし。そんなことを観察している場合じゃない、どんな挨拶をすればいいのだ？ そこに跪《ひざまず》いてUさんの片手をとり、手のひらに軽く口づけをしつつ「ご機嫌麗《うるわ》しゅう」か？ 結局「どうも…」しかいえずに家の中へ。

3年ぶりに再会した犬は「…どこかで見たことがあるようなないような」という顔つきで、僕に近づいたり離れたり。「まあ、我が家にいたのは生後60日間くらいだったから3年ぶりじゃそんなものか」と思いつつも、心のどこかでは「飛びついてきて、ウチで飼っている親犬譲りの嬉し座りションベンもあるか？」と思っていたのか少し寂しいという感情が湧《わ》くも、「やっぱり覚えているのね、ウチのはすごい人見知りだから誰が来てもしばらくは吼えているのに」というUさんの言葉にテンションが上がる。

犬の近況を教えてもらったり、親犬兄弟犬の馬鹿振りを報告した後、しばらく犬と遊んでいるうちに気がついたら…4時間寝ていた。

「そろそろおいとまするわよ」とのかみさんの声に飛び起きて、事態が飲み込めない僕。なんだかすっかり打ち解けて尻尾をびんびん振る犬。「じゃ、どうも」。Uさん姉妹に気のきかない挨拶をして車に乗り込む。

「こりゃあ怒られるな…」と覚悟をしていたのだが、かみさん曰く「すごく楽しかった」とのこと。なんだか問題なかったらしい。あいかわらず、かみさんの理想の夫はよくわからないままだ。

い

「命懸け」の話

返す返すも38歳である。いい大人である。にもかかわらずやってしまうのである。

先日若手芸人数人+ラジオのスタッフ数人+かみさんとで長野県に行ってきた。主な目的は今はやりのカーリングを経験すること。それ自体もドタバタだったが、やってしまったのは帰りしな、ぶらり立ち寄った市民温泉施設でのこと。

壁一面がガラス張りの室内大浴場と、そのガラスの向こうにこれまた大きな露天風呂というこの施設。僕以外の若手芸人や若手スタッフたちは、更衣室で素っ裸になるや否や露天風呂のほうに駆けて行きボチャンボチャンと湯の中に飛び込み、僕ら以外には客のいない露天風呂で夏場のプールの小学生よろしくプロレス技など掛け合い大はしゃぎ。

その点、先にも書いたように既に30歳代も終盤にさしかかっている僕はもう落ち着いた大人である。たかが温泉一つでそんなにはしゃいだりはしない。ゆっくり室内大浴場で体を洗い、室内温泉の浴槽に浸かった。

一説には、初めてのカーリングがすっかり腰にきていてはしゃぐどころじゃなかったとか、メンバー全員の中で一番下手くそだった劣等感を引きずり、すっかりすねていたとか、かみさんが軽井沢駅前の巨大アウトレットモールでしこたま買い物をしたのが気に入らなかったとか、ちんちんが小さいので恥ずかしかったという話があるが、それは風説。あくまで大人の温泉の楽しみ方を知っていたので彼らとは一線を引いていたということ。そういうことにしておいて下さい。

さて、すっかり落ち着いたところで外に目をやると、ガキどももまだ大はしゃぎ。中でも現在飛ぶ鳥を落とす勢いのアンタッチャブルの山崎君などは、こともあろうにちんちんを使った一発芸『ムシキング』など披露して爆笑をとっているではないか。

ガラス一枚隔てただけとはいえ、そんな品のない子供たちと別行動で本当に良かった。何がムシキングだ。大人はそんなことをしてはいけない。じっくりと天然温泉の成分が疲れた体の芯にまで染み込んでいく様を無言で味わうのが大人の温泉道だ。

そんな大人の道をたしなむ僕をよそに、窓の外では別の若手芸人が「すぐ隣の池に間違って入る」という大技を繰り出して、大爆笑をとった。

いったい何をやっているのだ。この寒い中、しかも長野で、そんなことをやって風邪でも引いたらどうするのだ。立派な大人はそういうことをしない。いま僕の体にはいろんなミネラルが吸収されているのだ。それで良いのだ…大人としてはそれで良いのだが、さて芸人としてはどうなのだろうか？

目の前で爆笑を持って行かれて、黙って見ているというのは、先輩芸人としてどうなのだ？　僕の頭の中で何かが弾けた。

僕は室内浴場の中で立ち上がり、外と中を分ける大きなガラスの前に進むと、膝上《ひざ》くらいの高さがある石でできた桟《さん》の上につま先立ちになり、スペースインベーダーのような格好で体全体をガラスに思いっきりビターッと押しつけた。

きっと向こうからは車に轢かれたカエルを下から見ているように映るはず。どうだ！　40歳間近の男の体を張った芸は!?

結果は大爆笑だった。そして大満足だった。そして、数秒後大後悔するのだった。笑いをとって安心したのもつかの間、カーリングで酷使した足がぶるっと震えたかと思うと、つるっと滑り、そのまま仰向けで後ろに向かって勢いよく倒れてしまった僕。ついさっき落ち着いて湯船に浸かっていた時の記憶では僕の後ろには岩がある。前はガラスで僕は素っ裸、つかまるところも支える物も何もない。

インベーダースタイルのまま、なすすべもなく、そして勢いよく後ろに倒れていく130kgの巨体。よく交通事故の瞬間、景色がスローモーションで見えるとか、一秒を何分にも感じるとかいうがまさしくあんな感じ。

わ――――！　ボッ――――ッチャ――――ッ――――ンッ！…すぐに室内大浴場は静けさを取り戻した。ボッチャーン！　の後のゴッツーン！　パッカーン！　ドボドボドボー！　ピーポーピーポー！　ポクポクポクポクチーン。はなかった。

恐《おそ》る恐るあたりを見回すと、頭の後ろ約30センチのところに岩ゾーンが広がっていた。あと少し勢いがついていたら…ゴッツーン！という音とともに130kg＋アルファの衝撃が岩と頭蓋骨に与えられ、パッカーン！という音を響かせて頭蓋骨と岩が割れ、ドボドボドボー！っと脳みそが出て、救急車が来て、明日はお葬式でポクポクポクだった。心臓がどきどきしてる。ということは生きている。本当に良かった、僕は生きているんだ。

一安心したところでガラスの向こうのオーディエンスが気になった。絶対にこの格好悪い一部始終を見て引きまくっているはずだ。だって、ガラスに張り付いたインベーダーが急に仰向けに視界から消えていったんだもの。

僕は、この一連の流れが最初っから計算された超一流のアクロバット&エンターテインメントだったことにするしかないと思い、満面の笑みを浮かべて立ち上がり、画面に再登場してみたが…観客全員が思いっきり引いていた。目をまん丸にしている者、びっくりしてこっちに向かって救助に向かっている者、物凄くおちんちんを縮ませている者、泣きそうになっている者。

この後、全員が爆笑の渦に包まれたが、これは本意ではない。だって、笑われているだけだもの。

風呂から出ると、ほどなくしてかみさんが女湯から出てきた。僕は彼女の配偶者がついさっき帰らぬ人になるかもしれなかった件をみんなに口止めした。だって、彼女はそんなことは知らずにカーリングと買い物と温泉を楽しんだ一日だったと思っているほうが幸せだもの。もしいったら「ほんとにあんたは馬鹿なんだから」って怒るもの。帰り道ずっと怒るもの。

う

「うなぎの蒲焼」の話

子供の頃、中流家庭の我が家において晩御飯にうなぎが出るケースは多くなかったが、時々お袋がスーパーなどでうなぎの蒲焼を買ってきて作ってくれたうな丼が好きで、「今日の晩御飯は何が食べたい？」と聞かれるとかなりの頻度で「ウナドン！」と答えていた。

そのリクエストは家計の状況に応じて採用されたり採用されなかったりな訳だが、いま考えるとあれは「うなぎ」が好きだった訳ではなく「タレのかかったご飯」が好きだったように思う。「それならそういってくれれば何も高い蒲焼を買うこともなかったのに」と母親はいうだろうが、「タレ飯」と「うなぎ」はセット販売のみだと思っていたのでしょうがない。

さて、うなぎの蒲焼だが以前テレビの企画で「天然のうなぎを捕まえて、天然うなぎのうな丼を食べよう」というのがあって、茨城の川だか沼まで天然うなぎを捕りに行ったことがある。

なんでも同行した食通のおじさんにいわせると「最近はどこに行っても養殖ばっかりだけど、天然と養殖じゃぜんぜん違う。脂だらけの養殖と違って天然は脂っこくない。天然は川で運動しているから身の弾力が凄い。一度天然を食ったら養殖ものなんてうなぎじゃないって思うようになるね」だそうで、僕もたいそう期待して取り組んだ。

結果、それなりの苦労をして天然うなぎを捕まえた。早速蒲焼にしてご飯に乗せる。タレをかけて「天然うな丼」の出来上がり。そしていよいよ「いただきます！」。

さすが天然、脂っこくない！　その上弾力がある！　が…なんかしっくりこない。ええと、あの…その…正直な話…美味しくないのだ。考えてみれば、食通の方と違って僕はおそらく生まれた頃からスーパーの養殖うなぎしか食べてない。だから「うなぎ＝脂っこくて、身がほろほろと崩れるもの」なのだ。アレをうまいうまいと食べてきた僕にとって、天然うなぎの「いいところ」は「違和感」そのものだった。食通の人いうところの「天然食ったら養殖なんてうなぎじゃない」はその通りだった。確かに天然と養殖はぜんぜん違う。僕が好きだったのは「うなぎじゃない何かどんぶり」のほうだったのだ。

以上、数行にわたった感想を食通のおじさんの前では一切漏らさず、僕は黙々と「うな丼」を食べた。番組の最後おじさんからの「どうでしたか!?　天然のうな丼は!?」という質問には「美味しかったです！」と答えた。嘘ではない。「タレのかかったご飯部分」は凄く美味しかったから。

「運命の出会い」の話

昨日の夕方のこと、仕事が早く終わったので散歩がてら適当に道を歩いていたら、曲がりくねった細い路地に迷い込んだ。そういうのは嫌いじゃないのでテクテク歩き続けていると、前から一人の男の人が歩いてくるのが見えた。その人、あたりに連れがいる様子もないのに、物凄く笑っている。正直な話、ちょっとだけ怖かった。

そしたらその人、すれ違いざまに僕の顔を見て「えー!?」という顔をした。思わず、こっちも目で追うと「えー？　えー？　えー？」と小さい声で。正直な話、結構怖かった。

急いで前を向き直し歩き出そうとしたら、その人が小走りに僕の正面に回り込んで「ビックリしましたよ、だってこれ」といってイヤホンを差し出した。なんだか勢いに負けて聞いてみると僕の声。なんでも僕のラジオをMDに録って聴きながら歩いていたそうだ。

そりゃあビックリしただろう。イヤホンから聴こえてきた声の主がいきなり視界に現れたんだから。正直な話、かなり嬉しかった。MDに録ってまで聴いていてくれていた訳だし、笑っていたし。

先週の土曜日の深夜、かみさんと一緒にお酒を飲みに行った。僕もかみさんも基本的にはお酒が苦手なほうなので、これは結構珍しいこと。それも二人きりとなると2

年ぶりにもなるだろうか。

そんな僕だから、お酒の種類はよくわからない。味もよくわからない。「何にいたしますか？」といわれて困った挙句、お店の人に「僕はお酒があまりよくわからないので、飲みやすくて、値段が手頃で、今日しか飲めないようなものを」というと、出てきたのがなんだか派手なデザインのワンカップ。

持ってきた店員さん曰く「これ、中身はごく普通の日本酒なんですけど、限定デザインなんであまり手に入らないんですよ。評判良くてあと1個だけなんですけど」とのこと。ラベルの絵の不思議な色使いに見とれながら慣れない日本酒を飲んでいるとなんだかいい心持ちになったので、空き容器を持って上機嫌で家に帰ってきた。

翌日、ラジオ局へ行き本番前の打ち合わせをしていると、机の上に画集が1冊。その日のゲスト、横尾忠則氏の作品集とのこと。お酒もそうだが、アートも不得手な僕は、横尾氏を迎えるにあたり、初対面であることと、あまりの美術知識のなさから不安を覚えていたが、その作品集をめくってビックリ。3ページ目に昨日の日本酒のラベルがドカーン。

僕が飲んだのは、横尾氏が若かりし頃にラベルをデザインした日本酒の復刻版だったという。その時点でなんとなく対談はうまくいくような気がした。そして、うまくいった。

このテーマに従ってここまで書いてきたが、僕はこういう事を別に「運命」とか、もっと厄介に「神のお導き」だとかまったくもって思わない。無神論者だし、確率的に十分に起こりうる話だし。

けれど、こういうことがいくつか続けて起こるということ…いや、自分の周りにこういうことが起きていることを感じとれるテンションで過ごせていることは、とても良いことだと思う。

え

「エロ本隠し場所」の話

エロ本の隠し場所、それは母親との心理戦。普通に考えればベッドの下あたりが有効だが、あまりにスタンダードなので裏をかいてエアコンの上に…シミュレーションしてみよう、身長160㎝の母親の目線はこの高さだから、完全な死角だ。待てよ、「建ちゃんが学校に行っている間にフィルターの掃除を…」。ダメだここはやられる。

僕は自分オリジナルのアイデアで、学習机の一番下の大きな引き出しを一度引き出してその裏に貯蔵してから引き出しを戻す作戦をとっていたが、あとあとになって聞いてみると同じ作戦を編み出していた武将がかなりいて、その比率からするとベッドの下よりスタンダードな場所ということになり「まず他人が思いつかないであろう発想を同時多発的にしている」とは、人の心理って面白いと思ったものだ。

僕が今まで出会った戦国武将の中には、織田信長の「三段式火縄銃部隊」以上の凄い作戦を取っていた知将がいた。自分の部屋があった2階の窓のすぐ前に電信柱があって、そこに配電盤か何かのボックスがあった。当時そのボックスは鍵がかけられていなかったうえに点検整備がされている様子もないので、そこに隠していたという男。いまならデンコに見つかって恥ずかしい思いをしていることだろう。

田舎に住んでいたある武将は、エロ本隠し場所を聞かれて「木の洞《ウロ》」と答えていた。家の庭に大きな木があって丁度自分の部屋に近いところにぽっかりとウロがあったので、そこに隠していたという。なんだか「その昔、サルが果物を木のウロに隠しておいたものが発酵して酒になった。これを人間が猿酒といって飲んだのがお酒の始まり」という『まんがはじめて物語～お酒のはじめての巻』を彷彿《ほうふつ》させるいい話だ。

さらに団地住まいの武将にスクランブルがかかった時の話が圧巻だった。その団地に住む母親同士が集合して井戸端会議をしているところを隣の部屋で何の気なしに聞いていると、同じ団地に住むクラスメートの友人の母親が「ウチの子がいやらしい本を隠し持っていたのを摘発した」という話を始めた。そのうち敵武将たちの密談は「教育上よろしくないのでウチもガサを入れる、エイエイオー」となり一触即発の戦国時代の到来。自分の母親の「ベッドとマットレスの間が怪しい」発言にいたると気が気ではいられなくなったという。なぜならビンゴだったからだ。

その夜、作戦は実行された。エロ本の中から特に選《え》りすぐりをビニール袋に詰め、それを何重にも重ね防水を完璧にしたところで、口を縄跳び用のロープで縛り屋上へ。団地の貯水タンクの梯子《はしご》を登り蓋《ふた》を開け、ドボーン！　蓋の裏の把手《とって》に紐を結び蓋を閉《し》めて部屋に戻った。数週間の摘発キャンペーンが過ぎるまで無事乗り切ったという。

どれもこれも地の利を生かした兵法であり素晴らしいことに間違いはないが、軽々《かるがる》しく真似をすると大問題に発展しかねないタイトロープな事例であることも間違いない。歴史に残る名将というものは運をも味方につけているものだということを、肝に銘じておきたい。

「塩分」の話

断っておくが、僕は汗っかきだ。そして、断ってみたものの、この特徴には何の得もない。やっかいなだけだ。

特にこの季節、黒いTシャツを着た日には、かいた汗がすぐに蒸発、たちまち塩が浮き上がりまだら模様になる。塩が専売制の頃は密造塩業者として逮捕されるのではないかと思ったほどの塩田っぷりだ。だからといって、白いTシャツを着れば、汗をかいた時点で乳首が透ける。「俺はちょっと昔のセクシーグラビアか？『ザ・ベストMAGAZINE』か!?」状態である。間をとってグレーのTシャツとくれば、これが一番汗が目立つ。Tシャツの上半分がぐっしょりと濡れて限りなく黒に近いグレー、下半分はそのままグレー。待ち合わせの店に少し遅れて着いた時などに「遅かったな、伊集院…（服を見て）夕立か？」といわれるのはよくある話。

仕事の面でもひどい目にあっている。特に夏場の野外レポートなんか最悪だ。「というわけで、こちらの野田さんはいまだに昔ながらの作り方で風鈴を…」なんてやっていても「お前のかく異常な量の汗が気になって野田さんどころじゃないよ」という画になる。セレモニーの司会かなんかでフォーマルな衣装を義務づけられた時なんか最悪中の最悪だ。「失礼がないように」という訳だろうが、頭を下げるたびに前方1mにしぶきを飛ばす行為が「礼儀正しい」とはいいがたい。

いつだったか、金田一耕助もののドラマに、殺されるデブの役で出してもらった時のこと。劇中、大きな蔵で殺されていると、監督から大きな声で「NG」が告げられる。それもそのはず、死体がどくどく汗をかいているのだ。それを名探偵・金田一耕助が「死体に不審な点はない」といい切るわけでNGなのは間違いないが、撮影が真夏の京都ときては僕の汗腺は閉じない。最後に監督が僕を呼んでいった言葉が「あのね、これは推理物なんだよ。見ているお客さんは画面の細かいところまで目を光らせて推理を楽しんでいるわけだ。そこにびしょ濡れの死体があった日には『どこかの川で溺死させた死体を、この蔵まで運び込んで…』なんてことになっちゃうでしょう…」と説教された。確かにそうだけど…どうしようもない。

実のところ今日もチョイ役でドラマに出させてもらったのだが、今回は「猛烈な汗っかきの営業社員」という役どころなので良かった。他の役者さんならばメイクさんにワセリンや霧吹きで汗を作ってもらうところを、僕だけは自前で十分だ。「この役を演じるために生まれてきた俳優」といえよう。

ところが撮影となって、メイクさんが監督に怒られていた。「いくらなんでもあんなに汗をかく人間はいないだろう。もっと考えてメイクをしろ！」。メイクさんは悪くない。悪いのは…監督だ。だっているんだもん、そんな人間がここに。

師匠の三遊亭楽太郎曰く「汗は調節できる」。そんな馬鹿なといいたいが、現に真夏の冷房の効きの悪い会場で落語をやった時などに着物をたたんでいると、肌襦袢《じゅばん》などの下着類はぐっしょりなのに、顔には汗一つかいていないということがよくあった。その方法はいまだに謎である。

※編集部註：三遊亭楽太郎は2010年3月に六代目円楽を襲名しましたが、本書では発行当時の三遊亭楽太郎のままにしてあります。三遊亭円楽は五代目三遊亭円楽とすべきところですが、発行当時の三遊亭円楽のままにしてあります。

お

「お金持ち」の話

駆け出しの頃に比べれば、多少なりともお金を持つようになったと思う。けれども、今の収入が何倍になろうとも、億単位に届こうとも僕は本当の意味でのお金持ちにはなれない気がする。知り合いのお金持ちが家を建てた時、彼の一番の希望は「おじいちゃんから譲り受けた骨とう品のランプの似合う寝室が欲しい」だった。

万が一僕が将来億単位の収入を得て家を建てる時が来たら、部屋数にこだわってちまちまとした部屋をたくさん造ろうとするか、とってつけたような金持ち像に縛られてプール付きだの、ライオンの口からお湯が出る風呂だのを注文し、結果金ばかりかかった貧乏くさい家を完成させるような気がする。「ランプ基準でそれに似合う寝室」という優雅な発想には決してならないだろう。

ブランド品で身を固めているタレントさんがいる。かなりの収入があるのだろう。ベンツに乗っている人がいる。物凄くお金を持っているのだろう。「わたしシャネルが大好きで、シャネルの新作が出ていたら、すぐに買っちゃうんです」。このコメントは僕の思うお金持ちとは微妙に違う。偽者だ。僕の思うお金持ちのシャネルの買い方はこんな感じだ。「なんかかわいいんで買ったら、またシャネルでした」。ベンツを買うのにしても「まず丈夫な車が欲しくて、座り心地が良いほうがいい、疲れないし。スピードも出るに越したことはない、そうしたらベンツが良いって」と、こんな感じだ。

僕はそういうお金持ちになれないし、エセお金持ちにもなりたくない。もし収入が増えたら「生活の心配をしないでいい人」になりたい。昔カバン持ちをしている頃、僕の師匠の三遊亭楽太郎が「俺さ、ステーキとか食っても贅沢してるって充実感は湧《わ》かないんだけど、吉野家の牛丼の大盛りに玉子乗せて、その上に牛皿の大盛り乗せると『罰当たりなくらい贅沢してる』って思うんだよね。1000円くらいのもんなのに」っていったのを聞いた時「この人のいってること正しい」って思った。あの感覚のまま収入が増えれば最高だな。

「お小遣い」の話

子供のお小遣い契約は家庭によってまちまちだと思う。

僕の時代の小学校高学年にして月3000円のメジャー級の高給取りだった中島君と、月1000円の僕。当時母親との契約交渉の際には何度もこの中島君の例を出し、ストも辞さない構えでベースアップを要求したものだが、いま考えると僕の契約内容には贅沢なオプション条項が含まれていた。

僕の家は本の虫である父親の方針で「本を購入する代金に関してはこの1000円に含まず」という特典がついていた。しかもこの「本代」には漫画の単行本も含まれていて、月に2000円は優にこの枠で漫画や本を買っていた（もっと詳しくいうと、近所の本屋に『つけ買い』が出来るようにあらかじめ取り計られていて、本屋から勝手に好きな本を持ってきて父親に見せると、父親が買って良いかどうかを判断する。たいていの場合はOKで、たしか『がきデカ』『まことちゃん』あたりがNOで、本屋に返しに行かされた。けれども「読んだらいけない」というのではなく「勧《すす》めはしないけれども、買うのは自由だから欲しければその本は小遣いの枠で買え」というシステムだった。当時はそのありがたさに気づかなかったが、34歳になった今はこのシステムのすばらしさがわかるし、それを考案した親を尊敬している)。

単純な金額よりもこの『どこまでがお小遣いの中に含まれるのか』という条項が大きく小学生ライフのクオリティーを分けていたと思う。僕の契約では、他に文具に関しても母親に申告すればこれも経費。経費で落ちない友達が素の消しゴムを買う中『匂い付き』やら『練り消し』やらを好きに買っていた。それどころか酷《ひど》い時には、当時男子の中で大流行していた玩具『ミクロマンシリーズ』の中の『ヒーローものの フィギュアなんだけど、変形させるとコンパスになる』やつを、強引に『コンパス』として『文具枠』で落としたりしていた。文具枠も何もおもちゃ屋さんでしか売っていなかったし、何よりそのコンパス機能を一度も使ったことなどないというのにだ。

地方で箱物行政丸出しのヨーロッパ調の贅沢な役場の建物を見たりするたびに「人間てめえの懐が痛まないとなれば、かなり強引に金を使えるものだ。そう、あの頃の僕のように」と思ったりする。人の上に立って政治を司《つかさど》る人間が僕の小学生時代と同じ感覚じゃしょうがないけど。その小学生の頃の僕だって、親が借金まみれで家計がヤバイとなれば、一番安い消しゴムを買ったりしたろうに、このご時世になってもいらねえダムとか造ってる奴はどうなってんだ？とも思う。ん？　いつから政治の話だ？

更に、僕の小遣い契約の特権は、野球好きの爺ちゃんからの『野球観戦特約』だ。なぜか野球観戦にかかるお金もこれまた別枠精算だった。こうして振り返るとかなり贅沢をさせてもらっていたと思うが、ここまでやってくれているにもかかわらずインベーダーゲームの登場とともに、更にお袋の財布の中の小銭に手をつけるようになろうとは、ここまで読んだ読者はもちろん、僕すらも「どうしようもないガキだ」と思う。

「男の料理」の話

めったに台所に立つことのない僕が、昨日の夜は鍋を作ってみた。「めったに台所に立つことのない」と書いたが、つまみ食いのために立つことはよくある。深夜小腹が空いて寝つけなくなり、冷蔵庫にあるスライスチーズを食ったり、コンビーフの缶詰を開けてモシャモシャ食ったりはしている。かみさんが一晩寝かせているカレーも鍋から直におたまで食う。真っ暗な台所で。まるで妖怪「カレー入道」の如し。

カレー入道について詳しく書くときりがないので、そちらは水木しげる先生の『妖怪大図鑑』を読んでいただくとして、昨日僕が作った鍋は、豚バラの厚切りと、鶏の手羽先とキャベツのコンソメ風鍋。結構美味しく出来た。かみさんにも好評で「また作ってね」といわれた。しばらく作らないけど。こういうのはイレギュラーが良いのだ。ごくたまに気まぐれで作るから感謝されるし、味のハードルも低い。「本来ご飯を作らないあなたにしては美味しいものを作った」ということなのだ。

ベントとして作る分にはコスト計算とかもあまり重視されないし。今回も手羽先ら豚肉やらの値段はたかが知れていたが、買い物中に見かけたイクラが急に食べたくなって箸休めに買った。かみさんが毎日の献立に1200円也の箸休めを買っていたら我が家の家計はおしまいである。

学生時代にスーパーの精肉店でアルバイトをしていたお陰で、肉に関しては結構触れる。丸一本の牛タンのいらないところを包丁で掃除して焼肉用に切ったり、手羽先をちょいと加工してチューリップ（手羽先を捻《ねじ》って骨を取り出し食べやすくした状態にしたもの）にしたり、我ながら器用なものだ。

バイト時代、狭い店内にいると邪魔だからという理由で、倉庫にこもり一日数十キロのタンやら手羽先やらを扱っていた甲斐もある。あの頃はレジで笑顔を振りまく女子を眺めては、コンクリート打ちっ放しの倉庫で無数の牛のベロと格闘する自分を「同じ歳、同じ時給で…」と思ったものだが、店長ありがとうだ。

そうだ、次の機会には鶏団子の鍋を作ろう。冬の寒い日に倉庫で半ば凍った鶏のひき肉をこねて、手の平でつかみキュッと搾《しぼ》り出して丸めて無数の鶏団子を作りつつ、レジで笑顔の女の子をうらめしそうに見ていた自分をいま思い出したから。しかもバイトから帰ってきたら、お袋がその鶏団子を買っていて、鍋を作り「今日は鶏団子鍋を作ったわよ〜」とかぬかしやがった。「『作ったわよ〜』じゃない。その団子は俺が作ったんだよ！」と切れた。

テーマは『男の料理』でした。『僕の決して華やかでない高校生時代』ではありませんでした。

魚に関しても、丸の魚を三枚におろすくらいのことは出来る。これは今は亡き伊丹十三監督の映画『スーパーの女』で鮮魚店の店員の役をやった時に身に付けた。急に出演依頼が来た時は台詞もあんまりない役だったので『結構楽かな』と思っていたが、セットに入っている時はほとんど全てサバをおろしているという役。かの伊丹監督からこの作品において演技指導らしきものを受けた思い出はないが、毎日家で物凄い数のサバをおろす練習をしていたのはよく覚えている。しかも、精肉店のバイトとは違い、誰にも喜ばれない。かみさんが「またサバぁ？」とかいうのを「黙って食え」といいつつまたサバをおろしているという、下手すりゃサバ離婚にすらなりかねない日々。さらに出来上がった映画を見たら、僕がサバをおろしているところはほとんど映っていない。

ません今回のテーマは『男の料理』でしたね、『僕の決して華やかでない映画演』ではありませんでした。

「お葬式」の話

もうすっかり記憶にないくらい葬式に出ていない。理由はいろいろつけられるが基本的には面倒臭いからだ。面倒臭いだけだと怒られそうなのでやっぱり理屈をこねておくと、死んでから礼を尽くしたところで生前の無礼が許されるわけじゃないし、むしろ死んでからのあれこれなんて基本的には生きてる側の自己満足だから、僕みたいな無礼者がしれっとした顔して列に並ぶのも何かずるい気がするってのがある。あと、いっぱい人が集まるのに面白いこと禁止の空気もきつい。面白いこと満載なのに。あんなに怖かったじいさんの鼻の穴に綿が詰めてあったり、足がしびれているのを必死で我慢している人がいたり、お坊さんがスクーター乗ってたり。このへん膨らましていくと余計に怒られそうだからやっぱり「面倒臭いから出ない」で良し。

考えてみると最後にお葬式に出たのは誰の時だったろうか？　母方の祖父の時、僕はまだ幼稚園児で、祖父が死んだのは元日。元日からいきなりお葬式をしたのか、後日改めてだったのかは覚えていないが、年明けの挨拶に来た親戚が急遽《きゅうきょ》お葬式ってことになったんで、お年玉をくれなかったのを覚えている。

あと、遠くに住んでいた親戚が前年のクリスマスプレゼントとして買っておいてくれた子供用の自転車を持ってきてくれて、僕的には物凄くテンションが上がり、遺族の列の間をブザーを鳴らしながら走り回って酷《ひど》く怒られたのも覚えている。

よく「盆と正月が一緒に来たような騒ぎ」というが、幼稚園児の元に「お正月が来ると見せかけてお葬式とクリスマスプレゼントが一緒にやって来た」のだから、混乱しても仕方がない話だろうに。

その後しばらく知人が死ななかったこともあるが、次のお葬式の記憶は19歳の時にこれまた母方の祖母が死んだ時に跳《と》ぶ。この時の僕も落語家としての出世と重なったために葬式の悲しみよりも、新調したばかりの黒紋付羽織り袴《はかま》が着られることのワクワクのほうが勝っていたように思う。

あとは記憶はおぼろげだが父方の祖父が亡くなった時も行ったと思う。うっすらだはほとんど無表情で過ごしている父親が、さすがにこらえ切れずに泣きそうなのを無理矢理我慢しようとした瞬間、鼻水がビーッと飛び出た時に爆笑したのは覚えている。

こうやって書いていると「お前は葬式のたびにテンション上げたりワクワクしたり爆笑したりしているな、人間失格だな」と思われそうだが、僕の悲しい瞬間はその人が亡くなったことを知った時と、しばらくして「あの人はもういないのだな」と思った時だから、1日2日たった後の儀式などどうでもいいのである。

そうか、僕が葬式に出ない理由は「悲しみのピークが合わないから」。こういうと結構綺麗だ。

か

「勘違い」の話

ついさっきのこと、家からＴＢＳまで乗ったタクシーの運転手さんが、僕が乗車するなり「いつも見てますよ！」といってくれた。

「やっぱり実物は大きいねぇ、失礼だけど何キロくらいあるの？」「１２５kgあるんですよ。これでも痩せたんですけどね、ほんと自分でも邪魔ですよ」「いやいや、大きいことはいいことだよ」「ありがとうございます」「この間もお寿司をたくさん食べてたねぇ、大きい人が食べてるのは気持ちがいいや」

僕より、10歳ほど年上だろうか、始終笑顔で人当たりもいいこの運転手さんと話も弾んでいたのだが、これが変な具合になってきた。

「しかし大きいのによく動くよね、何かスポーツやってたの？」「下手の横好きで草野球を」「そうなの、道理でね、私も家内もあのフレンドパークが大好きでね、あれ見てたら運動神経いいなぁって思ったんだよ」

このあたりで気づくべきだった。っていうか普通気づく。なのに半年ほど前に自分が『東京フレンドパーク２』に出演した時のことだと思ってしまった僕。いま思えばここで気づいて、笑って突っ込んでおけば良かったのだ。

「いやもう、死にもの狂いですよ」「あの、お皿を打ち合うやつはなんていうの？カンカーン！て」「エアホッケーですか」「そうそう、あれは反射神経がいるね、私は若い時バドミントンをやっていて、あれも女の子のスポーツみたいに思われてるけど、結構ハードでね」「そうらしいですね」

大チャンスを逃したまま（逃していることにも気づかず）話題はバドミントンやら新沼謙治（↑芸能界きってのバドミントン好き）やら東北地方やら高速道路やら自民党やら何やらの話で更に20分。こんなにタクシーの運転手さんと盛り上がるのも珍しい。で、車はTBS周辺に。

「いやあ、プライベートのとこ申し訳ないんだけど、降りる時サインもらえないかな、私も家内も石塚さんが大好きだから」「…」

よくあることだ。自分以外のデブタレントと間違えられることはよくあることだから、そのこと自体はいいのだが、こんなに盛り上がってしまった後で僕はどうしたらいいのだろうか。運転手さんの中で僕はこの45分間石塚さんだったわけで、ここで僕の都合でいきなり伊集院に戻っていいものなのか？

確か途中この運転手さんとは「こういっちゃ何だけど、他の太ったタレントさんは好きじゃないんだよね」「そんなことないですよ、松村君とかすんごくいい奴ですよ」なんて会話もした。そのことが僕にここでも突っ込みを躊躇《ちゅうちょ》させた。いま思えば、ここでも間髪入れずに「何いってるんですか、僕石塚さんじゃないですよ(笑)！　伊集院ですよ(笑)！」で良かった。ところがこの一瞬の躊躇の間にタクシーは止まってしまい、運転手さんはサインをするための紙を嬉々として差し出した。さあどうする。

僕のとった行動は、次の通りだ。渡されたボールペンのキャップを取り、差し出された紙に「石」と書いた。それが最良の方法だと思ったから。知らぬが花ということもある。石塚さんの名誉が傷つくようなことは何もいっていない。それどころか、ここまでの盛り上がりだとイメージアップ大作戦だ。既にタレント好感度ランキングの常連である商売敵のイメージアップをしていてどうするって話だけど良しとしよう。もしそんな伊集院光をえらいと思ってくれるなら、このコラムを読んでいる体重100kg以上の人が、いつか伊集院光と間違えられた時に是非影武者イメージアップ作戦を実行して欲しい…いや…止めておいたほうが良い。困ったことになるから。

なんと『石』と書いたところで、運転手さんが「あれ!?」といったのだ。ちらりと顔を見たら「私も家内も石塚さんが…」と僕がいわれた時の顔をしている。違和感を持った顔だ。どうやら運転手さんも気づいたらしい。でも僕は『石』と書いてしまった。もう止まらない、続けて勢いで『塚』と書いた。運転手さんも突っ込まない。沈黙の中『英彦』と書くしかない。

無言でサインを差し出し、運賃のやり取りをした。あんなに気さくで明るかった運転手さんは「…どうも」と一言いったきり無言、僕も真っ赤になりながら頭を下げて車を降りた。走り去るタクシー。ＴＢＳに入る僕。願わくば運転手さんがあの時気づいたのは「この男石塚さんじゃない」だけであって欲しい。「伊集院光じゃないか」

のところまではいかないで欲しい。偶然石塚さんの楽屋の前を通ったが、顔は出さずに通り過ぎた。

「感傷」の話

この10年ほどTBSラジオで番組を持たせてもらっているが、その前はニッポン放送という、TBSのライバル局で8年もの間喋っていた。思えばこのニッポン放送が僕の20年弱にわたるラジオ人生のスタート地点であり、そこから芸能生活自体が本格的に始まったわけだから（それ以前に古典落語家としての芸人生活はスタートしていたが、落語家時代はマスメディアに露出したいという思考はなし）タレントとしてのルーツがここにあるといって良い。

にもかかわらず、この10年近くの間、故郷であるニッポン放送には一度も足を踏み入れていなかった。その理由は若気のいたりというか、ボタンのかけ違いというか…なんだ…その、いわゆる出入り禁止になっていたからだ。更にその出入り禁止の理由となると諸説あるようだが、ここで書くと言い訳やらフォローやら僕の言い分やらでややっこしいことになるのでそれはまたの機会ということにして（便利な言葉だ）、つい昨日、そのニッポン放送の開局50周年特番に出演依頼を受け、10年ぶりに（正確には9年数ヶ月ぶり）ニッポン放送に行ってきた。

朝起きて、自宅の壁に貼ってあるスケジュール表の『ニッポン放送午後9時入り』という文字を見た時は、いささか緊張していたが、お台場の局に着く頃にはその緊張も解けていた。

なぜなら、僕が青春時代を過ごしたニッポン放送はまだ有楽町にあった旧社屋で、このお台場の新社屋ビルに何の思い入れもないからだ（2004年9月には、有楽町に建った新々社屋に移転した）。「そういえば俺、このスタジオでデビューしたんだなぁ」とか「このスタジオでディレクターに怒られて泣いたっけ…」といったノスタルジーへのインデックスがないから、普通に「綺麗なスタジオだなぁ」てな感じで、良くも悪くも変な感傷なしのままスタジオへ。

更に、そこに待ち構えていたニッポン放送のスタッフの面々も見覚えのない人ばかり。そりゃあそうだ10年も経てば、異動の激しいこの業界のこと、コロコロ面子《めんつ》も変わる。しかもこの10年、放送業界はヘッドハンティング&転職ブームを経ていて、ほとんどの人がはじめましての状態。すっかりリラックスしての1時間の生放送だった。

番組が終わり、出口に向かうエレベーターの前で、お世話になったスタッフに「これを機にまたお願いします」なんてすっかり大人の挨拶を交わす。その言葉に抵抗はない。抵抗がない分本気でもないけど。

フジテレビとニッポン放送共同の玄関ロビーで「おい！」と声をかけられ、振り向くとそこに新人DJ時代に僕の番組を担当していたディレクターがいた。お互い新米で「クソDJ」「クソディレクター」と呼び合って、局にとっては「クソ番組」を作っていた仲間だ。

「クソDJ、飯でも行く?」とクソディレクターにいわれたので、遅い晩飯を食った。新米の頃からだと15歳、僕がニッポン放送を出てからでも10歳近く歳をとっているものの、大して出世もしていないクソディレクターと2時間ほど飯を食い「またクソ番組やりたいなぁ」「そうだね、ものすごく酷《ひど》いのをね」といって別れた。結構本気でそう思った。

き

「嫌いな食べ物」の話

ご想像の通り、僕には嫌いな食べ物という概念がない。世の中に存在する食べ物のうちの約50％が『大好きな食べ物』で30％が『好きな食べ物』、後は10％が『やや好きな食べ物』で5％『超好きな食べ物』、4％『普通』ときて1％が『そんなに好んでは食べない物』となっている。ちなみに以前テレビの仕事で行ったゲテモノ料理の店で出された『ムカデ』に関しては、まずいうえに店のおやじ曰く「栄養もないし体にも良くない」ということなので、僕の中の食べ物のカテゴリーから除外した。僕の中の『食べ物の定義』は「おいしい」「栄養がある」「体に良い」のどれか一つでもクリアしたものをいう（「体に良い」だけじゃ『薬』だけど）。それ以外を『食べ物』と呼んだら『三角定規』や『ベンツ』も食べ物ということになる。もちろんさすがの僕もそれらは食べたくないし食べたこともない。

で、『そんなに好んでは食べない物』だが、これが皆さんのご想像とはおそらく全く違っているであろう『ラーメン』と『マヨネーズ』となっている。

もちろん嫌いではないので食べるが、自分から「ラーメン食べに行こうぜ」というケースはほとんどない。「好きではない」に、無理に理由をつけることもないのだが、ラーメンは『ひどいはずれ』もあまりない代わりに『物凄い当たり』もない（と感じる）のがその理由だろうか。それからテレビの仕事で時々出会う『ものすごく威張っているラーメン屋』に対しての悪印象が、本来切り離して考えるべきの『味覚』に影響を与えているのかもしれない。

「うちのラーメンはうまいに決まってるんだベラボウメ」と出されたラーメンよりも「何もないんですけど、野沢菜だけは喜ばれるんですよ」と出された野沢菜茶漬けのほうが美味しく感じてしまう。

「マヨネーズ」は嫌いじゃないが、お店で出されるマヨネーズを使った料理は大抵の場合（僕の味覚には）量が多すぎる。もはやマヨネーズ味しかしないと感じることが多い。

さてこんな僕の味覚だが、困ったことがある。それは『他人が僕の見た目から想像する僕の食の好み』と『実際の僕の食の好み』の不一致だ。人間は大きく分けると二つのタイプに分けられる。『いかにもラーメンやマヨネーズが好きそうなタイプ』と『それ以外』だ。僕はバリバリの後者なのにもかかわらず、お好み焼き屋のお兄ちゃんから「伊集院さん、マヨネーズサービスしておきましたよ！」といわれる日々。

仕事の面でもラーメンレポーターの類がよく入る。こっちはあんまり困らない。「ラーメンを1年365日1000食食べています」なんていう筋金入りのラーメン評論家とはまた別の意味で信憑性のあるコメントが出せると考えることにしている。一億総ラーメン通のこの時代にこんな僕が『美味しい』と感じるラーメン屋さんは『凄く美味しいラーメン』ということになるのではあるまいか（大抵の場合そういうお店は評論家の人も◎をつけているんだけどね）。

ちなみに、更に衝撃の告白をしておくと『肉』より『魚』派で、コーラや甘いジュースも好んでは飲まない。あと『桜でんぶ』や『甘い玉子焼き』などの『甘いおかず』も『好んでは食べない物』の中に入っているが、それは内緒だ。なぜなら義母さんが上京する時に必ず地元の『太巻き』をお土産に持ってきてくれ、それを婿養子の僕は「大好物ッスよ」といって毎回たいらげているからだ。

「業界用語」の話

あなたがもしスーパーマーケットで働くことがあって、店長から「兄貴に50円引きシールを貼っておけ」といわれたら、店内を見回し、いかつい兄さんを見つけて額に50円引きシールを貼ってはいけない。スーパーマーケット業界で「兄貴」といったら「製造年月日の古い食品」のことだから。

「本屋でJJ買ってきてくれ」といわれて、そのまんまファッション雑誌の『JJ』を買ってきてはいけないのは不動産業界。この業界で「JJ」といったら「住宅情報誌」のことだから。おそらく不動産業界用語もお呼びでないだろう。

「知って得しない業界用語」はこれくらいにして、芸能業界用語、いわゆる「ギョーカイ用語」だが、「六本木で寿司を食べる」を「ギロッポンでシースー」などというコントに出てくるような芸能業界人にはあまりお目にかからないが、それでも結構不思議な言葉は飛び交っている。

もっとも、長くこの世界にいるせいで僕の感覚が麻痺してしまっていることと、最近では一般にも浸透している言葉も多いせいでどこからどこまでがそれに当てはまるのかわからなくなってきている。

「フジテレビ」を「CX」というのはもはや一般的なのか？ 20年前に僕が師匠のカバン持ちを始めた時に「明日10時CX」といわれて何がなんだかわからなかった。わからないまま次の朝、師匠宅に行くとハイヤーの迎えが来たので「CXっていうのはハイヤーで迎えが来ることなんだ。となるとCはCARのCだな。でも10時っていってたのに9時に来たな」なんて思っていた。しばらくしてスケジュール表に「CX」って書いてあるのに「CX」が来なかったり、「TBS」って書いてあるのに「CX」が来たりして「どうやら『CX』は『ハイヤー』と関係ないらしい」と気付き「…ということは…スケジュール表に『CX』って書いてある時の共通項といえば、そうだ！　師匠が黒の革靴で出かける日だ！」なんてまた間違えたりしていた。

新鮮だったのは「ケツカッチン」だ。「後のスケジュールが詰まっている」の意味だが「ケツカッチンだからマキで！」（「マキで」はご存知の通り「急ぎで」の意味）という響きが心地よくてすぐに覚えた。

これまたとんねるずあたりがテレビ内で使い始めたことで一般的にも通じるようになっているのが「ツェー万、ゲージュー」というお金の数え方。こっちはいまだに馴《な》染《じ》めない。なぜかというと、僕が育った落語界では芸能界とは別の数え方があって、「1万円」は芸能界の「ツェー万」ではなく「ヘー万」。「50万円」は「ゲージュー」ではなく「カタゴジュー」。「1、2、3、4」は「ツェー、デー、エー、エフ」の芸能界に対して「ヘー、ビキ、ヤマ、ササキ」という。「2万5千円」は「ビキカタ」。こっちのほうが好きだ。

話は落語界用語に移るが、「ウンコ」のことを「セコ」という（「クモ」という言い方もあるのだそうだが僕の一門は「セコ」だった）。トイレは「セコバ」。で「ウンコしてくる」というのを「セコをふかしてくる」といった。この「ふかしてくる」というのもお気に入りだった。なんか湯気の立つ凄く良い形のウンコが頭に浮かんで良い。

この「セコをふかす」もそうだが、たいていの場合この手の隠語というのは、お客様の前もしくは一般の人の前で堂々ということが憚《はばか》られる言葉に対して使われるケースが多い。ご祝儀をくれたお客さんの前で「2万5千円か、少ないな、ケチな客だな」とはいえないが「ビキカタか、セコキンだな」といえば堂々といえる。だからエロ系も多い。「ロセンがオヤカル」なんていうのはその最《さい》たるもので、「良いタレだねえ、カキたくてカキたくて、ロセンがオヤカっちゃうね」と使う。対訳は下世話すぎて書けたもんじゃない。

これはもともとあった業界用語なのかビートたけしさんが作った造語なのかわからないが、「ビーチク」という言葉を高校生の時分に氏の「オールナイトニッポン」で耳にした時は、ひっくり返るほど笑った。3文字しかない言葉を少し並べ替えただけだから隠語もクソもないんだけれど、えらく楽しい響きですぐにクラス中に浸透した。流行語大賞を取らなかったのが不思議なくらいだ。

そんな中、なんだか照れくさくて、あまり業界用語を使わないようにしている僕だが、この手の響きの良い奴は好きだ。「ドタキャン」「チョイオシ」「ポロンチョ」「ビユルビユルバッチョンチョン」「パローレ」等々。最後の3つは存在しないけど。

「牛乳」の話

給食には付きもののビンの牛乳。そしてビン牛乳には付きものの紙製の牛乳キャップ。いまは給食にオレンジジュースとか出るらしいし、パックの牛乳も多いみたい。ビンの牛乳でもキャップがビニール製のをコンビニとかでよく見かけるから付きものじゃないかもしれないけど、僕の小学生時代はそうだった。

ある時、その牛乳キャップがクラスで大ブームになった。最初は僕と遠藤君と近藤君の間で流行《はや》りだしたように思う。とにかく「牛乳キャップをたくさん持っていると偉い」てな感じで。そのうち、キャップに穴が開いていないものが価値が高い（当時は千枚通しのような針のついた『牛乳キャップ開け』があって、それで刺して開けるから蓋《ふた》に穴が開く）とか、日付の刻印が中央にきちんと押されているやつが価値が高いとか、そんな格付けが始まって凄く楽しくなってきた。

放課後、遠藤君と近藤君と僕の3人で集まってお互いのコレクションを見せ合っては唸《うな》ってる。「いやあ、穴なしなのに、隅が全くめくれていない（先ほどの『キャップ開け』を使わない場合、爪を使ってはがすので隅がめくれがち）。しかも日付が中央で『1』だとは…」とか「これは凄い！　日付なしだ」とか、『なんでも鑑定団』さながらの盛り上がり。そのうち、この遊びに何人かが加わって、しまいにはクラス中の男子が牛乳キャップを集めだした。

ある日のこと、同じクラスの中村君が「物凄いの手に入れたぞ」という。見ると何の変哲もない牛乳キャップ。穴も開いているし、日付の刻印も乱雑。「こんなの価値ないじゃん」という僕らに中村君がいう。「日付をよく見てよ」。

よく見たところでなんでもない。ただ「5・15」とか押してあるだけ。すると中村君「5月15日は何曜日だった?」。そこで気づいた。「ど、ど、土曜日だ！」。土曜日は給食がない。ということは牛乳キャップは存在しない。にもかかわらず中村君の手のひらに乗っているのは、あるはずのない土曜日の牛乳キャップなのだ。

「凄い！」。僕らの羨望のまなざしに中村君は大得意。何とか入手経路を教えて欲しかったが、中村君は明かさなかった。どうしても欲しい僕たち。中でも遠藤君は入手のためなら中村君の靴の裏も舐めかねない勢いで、普通の牛乳キャップ30枚との交換でそのお宝を手に入れた。数日して、また中村君がお宝を提示してきた。なんとキャップの色が違うのだ。僕らの学校給食に出る牛乳は『明治牛乳』でキャップの色は白地に青のラベル。しかし中村君が持ってきたのは白地にオレンジ色のラベルなのだ。またも遠藤君が目の色を変えて食いついたが今度は僕も負けてはいなかった。「普通の牛乳キャップ50枚と掃除当番1週間」で競り落とした。僕は大満足だった。

そんなこんなで普通の牛乳キャップを集めては、中村君の持ってくるお宝を競り落とす日々。その頃はクラスを挙げてのブームで普通の牛乳キャップもおいそれと手に入らなくなっているから、やれ「掃除当番を代わる」だの「家までランドセルを持つ」だのして牛乳キャップをもらう。こうなると既に牛乳キャップは牛乳キャップにあらず、この小さな世界においての通貨状態だ。いや『通貨状態』じゃない。実際に現金と交換する者や、使わなくなったおもちゃと交換する者までいたから、『通貨』以外の何ものでもない。牛乳キャップのためなら何でもする僕らだった。

そんなある日、いつもの牛乳キャップ集会の最中、遠藤君と近藤君が僕に持ちかけてきた話が「中村君のお宝入手経路を探ろう」だった。遠藤君は既に中村君の奴隷状態で半年先までの掃除当番は勿論、仮面ライダーの人形やシャープペンシルまで差し出していた。近藤君も僕も似たり寄ったりだったから二つ返事で決まった。「放課後の中村君を尾行する」。いまなら「M作戦」とでも名付けるだろう。「M」は「Money」の「M」であり「Milk」の「M」だ。

その週の土曜日の放課後、僕ら3人は中村君を尾行した。その日を選んだのは相変わらず中村君から「土曜日の牛乳キャップ」が出回っていたから。無警戒で歩く中村君の行った先は山手線田端駅そばのミルクスタンドの裏だった。

何のことはない、ここのゴミ箱から大量のキャップを拾っていたのだ。ここならコーヒー牛乳やらフルーツ牛乳やら色違いのものもたくさんある。

近藤君がいう。「ミルクスタンドって他の駅にもあるぜ」。僕らの目が光った。翌日の日曜日、僕ら3人は朝早くから集合すると、自転車を飛ばして山手線西日暮里駅へ。改札の横にミルクスタンドがあった。休日にもかかわらず唸るほど牛乳キャップがあった。さらに隣の日暮里駅、鶯谷、上野…あるある。ゴールドラッシュだ。

家に帰り数億円分のブツを前に僕らは大喜び…のはずだったが、近藤君が「…なんか臭くない?」といった。その瞬間、僕らの中で大事なものが崩れてしまったように思う。みんな気づいてしまったのだ。『牛乳キャップはゴミ』というごく当たり前のことに。僕は勇気を出して「もうやめようぜ、キャップ」といった。びっくりするほどあっさり2人とも「ウン」といった。

月曜日。僕らは中村君が見せてきた「色違い土曜日もの」の牛乳キャップに無反応だった。それどころか大量の牛乳キャップと引き換えに掃除当番権やら仮面ライダー人形やらシャープペンを取り戻した。中村君は少し不思議そうな顔をしていたが、あまりにいいレートだったせいですぐに応じてくれた。放課後、3人で帰りの通学路、遠藤君が「あいつ馬鹿だな」といった。近藤君は大笑いしたが、僕はあんまり笑わなかった。その後、牛乳キャップブームは急速にしぼんでいった。

しばらくしてから僕ら3人の間に『お酒の蓋』ブームが来たが、3人の間だけのブームにした。

「気まぐれ」の話

札幌にて番組ロケの帰り道、ちょっとばかり足をのばして、冬の北海道を小旅行としゃれ込んでみた。

札幌から特急電車で1時間15分、占冠駅で下車。『占冠』と書いて『シムカップ』と読むこのあたりは、日本の中で一番寒い北海道の中でも有数の気温の低さを誇る地域で、この日の気温も氷点下20度。

占冠《しむかっぷ》駅前から乗った町営バスの運転手さん曰く「温暖化のせいか例年にない暖冬」「異常気象だな」と来て、何が正常で何が異常かよくわからなくなる。

更にこのバスに揺られて30分強で着いた先が今回の目的地の『日高町』。「昔は林業で栄えたそうだが今はこれといって何もないところ」とは前述の運転手さんの弁。

その「何もないところ」にわざわざ出かけた目的だが、これが完全な「気まぐれ」。とはいってもきっかけはある。

数日前、所属事務所にファンレターが届いた。学校の教員をしているという松田さんという方からだった。

「私は北海道の日高町というところで中学校の教員をしております松田という者です。この春、私が担任を受け持つ3年生が卒業を迎えることとなり、伊集院さんに何かメッセージをいただけないか、とお便りを出させていただきました」

と、こんな書き出し。正直困った。メッセージを出すことは難しいことではないが、僕はこの中学校に何のゆかりもない。卒業したのは荒川区立第七中学校で、お隣の中学校でも荒川区立八幡中学校、その隣でも第九中学校…ってどこまでいってもゆかりはない。だって北海道のド真ん中の山奥の中学校だもの。

困惑しつつ続きを読んでみると「そのクラスで発行している学級新聞の名前が『伊集院光新聞』なのです」。

もはや訳がわからない。普通、学級新聞のタイトルといったら『仲良し新聞』とか『友情新聞』とか『日高中だより』とか、そういうものだろう。

月に1回発行される『伊集院新聞』のバックナンバーが数枚同封されていたが、理由らしきものはない。なんだか気になっているところに丁度よく北海道ロケ、しかも翌日がオフというスケジュール。これは行って真相を確かめるしかあるまいということだ。

「別に電話でもよかったのだけれど、いきなり行ったら面白いんじゃないか?」てなあたりは全くの気まぐれ。かくして日帰り予定だった帰りの飛行機を突然キャンセル。同行したマネージャーに「俺ちょっと用事を思い出したんで泊まるわ」といい残し、千歳空港からUターン。マネージャー、頭のてっぺんから「?」を出しつつ帰京。僕は札幌のビジネスホテルに1泊して、この旅に挑んだというわけ。「日高町役場前」というバス停で下車。バス停といっても、雪にすっぽり埋まっている様子で単なる白いところ。雪山の裏側に町役場があり、役場の前の地図を見ると町立中学校は目の前の道を500mほど登った先らしい。

とりあえず歩く。普通のスニーカーはツルツル滑って歩きづらい。しかも見知らぬ町。見知らぬ以前の問題として、あたり一面雪しか見えない。更に結構な強さで雪が降っている。当然人影はない。氷点下20度だというのに上り坂を少し登ると汗が出る不思議な僕の体。それがすぐに凍るような感覚で、寒いんだか暑いんだかよくわからない。「まあ、行き当たりばったりにアクシデントはつきものだから、それも含めて面白いネタになるんじゃないか?」くらいに思っていたのだが早くも後悔。

白一面の世界では距離感が全くわからない。「もしこの道が間違っていたら熊と間違えて撃たれるか、肉入り雪だるまとして遠い春まで佇《たたず》み続けるかだな…」。

5分かそこいらですっかり弱気になっていると、そこに校舎が見えてきた。希望と同時に湧《わ》いてきたのが「最近は物騒な事件もあるし、部外者の僕がいきなり訪ねても校内に入れてもらえないんじゃないのか…ちゃんと連絡を入れてから来ればよかったのでは…」という不安。こんな大人としての常識がここに来るまで少しも湧かなかったのが問題だが、いまさら帰るわけにもいかない。勇気を出して玄関をくぐるとすぐ脇に職員室。

「あのう、突然すみません…伊集院光と申しますが…松田先生は授業中でしょうか…」

こんな僕の小さなつぶやきに対応してくれたのが、その当人の松田先生というラッキー。更にその驚きよう、そして歓迎ぶりに「思いつきで行動して良かった！」を実感。理解ある校長先生のご配慮で、3時間目の授業を飛ばして、3年生19人を含む全校生徒57人を視聴覚室に集めての交流会と相成った。

他人の目に晒《さら》される商売の性《さが》として時に非常識な対応にあったりもするから、すっかり社交性を失っている僕だったが、ここまで歓迎されるのは嬉しいものだ。

サインをしたり写真を撮ったり給食をごちそうになったり話したり、あっという間にタイムリミット。挙げ句、松田先生に空港まで2時間近くかけて車で送ってもらい、飛行機で東京へ。

今、家でこの文章を書きながら思う。「なんで伊集院光新聞なのか聞くの忘れた」。

く

「苦しい言い訳」の話

自分でした苦しい言い訳を思い出してみると、まずは小学生の時の話。僕が親の財布から頻繁に金をくすねるタイプの少年だったことは、以前このコラムにも書いたが、今日も今日とて五百円札を1枚パクって友人数名と駄菓子屋へ。マザーマネーパクリ経験（この業界でいうところの「MMP経験」）がある御仁ならご理解いただけるかもしれないが、こういう時にはなぜか豪気になるもので、おごりまくる僕（罪の意識から心理的共犯者を作りたくなるのかもしれない）。みんなにアイスを配っていると、そこに買い物途中の母親が通りかかったからさあ大変。小遣いを1日50円しか渡していないはずの我が子が1個50円のアイスをみんなに配って礼をいわれている状況を見て母親が不思議に思わないはずはない。それどころかその時すでに前科が数回あった僕だから、おそらく完全にピンと来ていたはず。

僕の後ろにそっと近付き「…ちょっと、建ちゃん（僕の本名）こっちに来なさい」と母親。いま思えばそんな状況でも、友達のいる前で頭ごなしに怒鳴りつけなかったのは、僕の友人間での立場を考えてくれた母親の武士の情けなのだろうが、そんなことに感謝している余裕はない。もう大パニックだ。

「どうしたの？ あんなたくさんのアイス」。明らかに自供を促している母親に対して僕がいった言葉。「当たりつきのアイスを1本買ったら次から次へと当たった」。それを聞いた母親が「そうなの、天文学的確率のラッキーじゃない！ きっと建ちゃんの日頃の行いがいいからね！」って、いうと思います？ 武士の情けタイムは即終了。思いっきりひっぱたかれて自宅という牢屋行きだった。

大人になってからのことだと、落語家の修行時代の話。ことの始まりは僕の師匠の師匠である三遊亭円楽師匠が知り合いから錦鶏鳥《きんけいちょう》なる鳥を4羽もらったことだった。

当然その派手な鶏みたいな鳥の世話は円楽師匠の家の離れに住んでいる弟子たちの仕事になったが、ある日の朝、弟子の一人がいつものように鳥小屋の様子を見に行くと、扉が開けっ放しになっていて、4羽いたはずの錦鶏鳥が3羽になっているではないか!? 逃げてしまったのか、野良猫にやられたのか、とにもかくにもこれをごまかさなければならない。そのころ一門の一番下っ端だった僕が兄弟子から電話で呼ばれて「今すぐ錦鶏鳥を一羽手に入れて来い!」という命令を受けたが、あいにく錦鶏鳥屋さんはどこを探してもない。離れに集まり僕を含めた弟子数名、頭をつき合わせて対策を考えていると、弱り目に祟《たた》り目、日頃はめったにその離れにはやって来ない円楽師匠が来てしまったのだ。

「おはようございます」。一斉に挨拶する僕たち。寝起きの円楽師匠は朝の光の中で伸びなどしている。とにかく何か話題を見つけて鳥小屋から離さないと、と思ったその矢先に円楽師匠がとった行動は鳥小屋の中を覗くことだった。もうだめだ。全員で謝るしかない…覚悟を決めて立ち尽くす僕らに円楽師匠がいった言葉が「おい、錦鶏鳥は3羽だったっけか?」。

「すみません僕らの不手際で1羽逃がしてしまいました!」の最初の文字の「す」を

いいかけて、全員が口の形を「は」に直し、いった。「はい！　3羽でした！」。

それを聞いた師匠は少しだけ不思議そうな顔をしたものの「…そうか」と納得。思えば師匠にしてみれば、たまたまもらったから飼ってるだけの鳥だ、たいした思い入れはないのだ。途端に晴れ晴れとした表情になる弟子一同。全てが丸く収まりかけたその瞬間、とんでもない登場人物が現れた。

誰あろう、錦鶏鳥だ。いなくなっていた1羽が離れの屋根の上から僕らの前に舞い降りたのだ。舞台左側に弟子5人。右側に円楽師匠。対峙するお互いの中間を地面をついばみながら小さく往復する錦鶏鳥。しばらくセリフはない。

その沈黙に耐えられなくなった僕がいった言葉が「…野生のヤツもいるんですね」。またしばらくセリフはなし。その後なぜか師匠は黙って自宅へ帰っていった。おそらくあきれ返っていたのだと思う。

人から聞いた話では、谷村新司氏の「持ちネタ」で凄いのがある。

ある青年が、一人暮らしのアパートの一室でやることもなくぼけっとしていたら、ふと机の上にあった単三乾電池に目が行った。暇をもて余しているうえに、何事にも好奇心旺盛なその青年、ふと「この乾電池は、肛門に入るだろうか」という疑問が湧《わ》き、即検証と相成った。ズボンとパンツを脱ぎ捨て下半身をあらわにした青年が肛門に乾電池をあてがってみると、これが面白いくらいにフィット感がある。

「これは面白い」と、ちょいとばかり力を入れたその時、シュッと乾電池が肛門に吸い込まれてしまったからさあ大変。焦れば焦るほど奥へ奥へと入っていく電池。それはもう焦りに焦った青年だったが、そのうち片足をチャブ台の上に乗せてリラックスするとゆっくり戻ってくることに気づいた。しかし、乾電池の頭が顔を出したところで先っぽをつかもうとすると変に力が入ってまた奥へ入ってしまう。

こうなれば持久戦とばかりに目をつぶって全身の力を抜いていると、しばらくして乾電池が床にコロンと落ちた。青年がほっと一安心して目を開けると、そこに青年の彼女が青ざめた顔で立っていた。腸内探査船乾電池号帰還の一部始終を見て、完全に引いている彼女に対し青年がいった言い訳が「…今まで黙ってたけど…お、おれ…ロボットなんだ」。

そりゃあ苦しすぎるわ。

け

「結婚式」の話

修行時代の落語家の副業に結婚式の司会がある。本業の古典落語の仕事がなく、あったとしても限りなく0に近い出演料ときて、ご祝儀相場も手伝って結構なお金をいただけるこの仕事は、いわゆる「美味《おい》しいバイト」で、これが得意な兄弟子の中には収入的に本業副業が完全逆転している人もいたほどだ。

話芸の勉強をしているうえに「三遊亭」というブランド、しかもユニフォームで黒紋付羽織り袴《はかま》を持っている。更に落語の持つ「固すぎずやわらかすぎず」な雰囲気が、そのニーズの理由だろう、僕もずいぶんとお世話になった。

最初は司会慣れしている兄弟子からコツを教わる。定番の挨拶から定番の進行、更に定番のギャグまでで、特に重宝したのは定番の謎掛け。

「○○と掛けて××と解く、その心は?」ってやつ。有名なものでは「『お弔《とむら》い』と掛けて『うぐいす』と解く、その心は『泣く泣く埋めに行くでしょう（鳴く鳴く梅に行くでしょう）』」なんて名作がある。本来はお客様からいただいたお題をアドリブで解くが、結婚式では出来合いのものを披露。

一つは「『夫婦喧嘩』と掛けて『おっぱい』と解く、その心は『吸った揉んだで（スッタモンダで）大きくなる』」というもの（かなり昔からあるらしい。実にうまい）と、もう一つは「『○○家××家ご両家（もちろん式を挙げたご両家の苗字が入る）』と掛けまして『松井の2打席連続満塁ホームラン』と解く、その心は『8点間違いないでしょう（発展間違いないでしょう）』」というもの（これまたかなり前からあるらしい。「赤バット川上の〜」というのがあったとか）。もしかしたら師匠・三遊亭楽太郎から教わった落語の数々で身を立てられなかった僕の場合、兄弟子から教わったこの謎掛けのほうが金銭的には役立ったかもしれない。

さて、そのとき教わったちょっといやらしい司会のコツの一つに「冒険して笑わせるよりも、くさい台詞で泣かせたほうがイイゾ」というのがあった。ああいう飲み食いする席で無理に面白いことをいおうとして滑り出し、焦って過激なギャグを繰り出し、お堅い出席者をしくじるパターンがよくある。それよりも当たり障《さわ》りのない司会を進行し、最後にみんなが涙を流すほうが、ご祝儀が良い、というわけだ。

若干いやらしい話だが、これがまさにその通りで、

「お父様の世代は、一家の主《あるじ》というものは黙ってデンと構えるものという時代ですから、私どものようにぺらぺらと必要以上に話すことはなかったと思いますが、今日のお式での表情を見ているだけでどれだけ○○さんを愛しているかわかりますよ。部外者の私がこんなことを申し上げるのも差し出がましい真似だとは承知しておりますが、こういう席で司会を何回もやっているとわかるんです。本当に心から祝福されているか、そうでないかということが…」

なんてやると、ご祝儀袋が司会料と別に…。

だいたい「これより新郎新婦が皆様のお席の間の花道を通りまして、高砂のお席にお着きになりますまで、どうぞ祝福の鳴り止まぬ拍手でお迎えくださいませ」なんて

意味の半分もわからずいっていた17歳の頃の僕。なんか嫌だ。

こんな不埒《ふらち》な考えで食っていくために司会席に立っていた僕は、その後遺症で結婚式が好きではない。自分の式も本人とお互いの両親だけの6人で済ませたし、人の結婚式にもしばらく出ていない。結婚式に対する純粋な心を、あのころ食っていくためのお金で売り渡したということか…。

「芸人魂」の話

ブッチャーブラザーズのブッチャーさんという大先輩芸人がいる。

聞き覚えがない方には「♪割るならハイサワー♪」のCMに出てくる、小太りの酔っ払いサラリーマンの人といえばおわかりいただけるか。僕と同世代の人には「僕たちが学生の頃、深夜にやってた『姫TV』ってテレビ番組に『クイズタイム小学生』っていう物凄いくだらない（褒め言葉）コーナーがあったの覚えてます？　あれの司会をやってたのがブッチャーブラザーズで、太ってるほうがブッチャーさんです」といえば…わからなくても普通です。

正確な歳はわからないが、僕の中学生時代、土曜日に学校が終わると急いで家に帰って見ていた『お笑いスター誕生!!』に出ていたから、芸暦にして20年以上、もう50歳近いと思われる。

大先輩に失礼を承知で書くが、けっしてメジャーな人ではない。けれども僕はこの先輩が好きだ。

色黒で小太り、短髪につぶらな瞳、低い身長に短い足、過剰なまでのサービス精神と不器用な性格、酔っ払うとまず全裸、そして青臭い芸談、急に「大阪で生まれた女」を熱唱、誰よりも早く寝てしまう「ザ・昭和芸人」。そんなブッチャー先輩が大好きだ。

ブッチャーさんと今、深夜テレビ番組でご一緒することが多いのだが、いつも「やられた」と反省することしきりだ。

若手芸人との「負けたら熱々《あつあつ》おでんブッカケじゃんけん三番勝負」なる企画で、ものの見事にじゃんけんで負けてしまい、熱々の汁がたっぷり染み込んだガンモを顔面にぶつけられたブッチャーさん。人間が本能的に飛び上がって跳ね除《の》けるほどのガンモを顔の中央にくらいつつも、ガンモを顔に乗せたまま一瞬カメラのほうを向いてから（しかもそれが自然にしか見えない）もだえる。さらに、転げ回りながらも無防備なケツがおでん鍋のすぐそばに向くように倒れる。すきだらけのケツを前に若手芸人は調子に乗っておたまで汁をぶっかけるほかない。結果ブッチャーさんカメラ前を「アチチアチチ！」で終了。

他の業界において「50歳の男が20以上年下の後輩におでんの汁をぶっかけられてアチチ」が、どういう評価になるのか知らないが、この世界では「一人勝ち」に間違いない。

また「負けたらSM嬢にムチでおしおきじゃんけん三番勝負」では収録後に有名店の女王様から「こんなにムチのリアクションが気持ち良い人は初めてです」といわれ「負けたら10M飛び込み台からプールに真っさかさまじゃんけん三番勝負（どうでもいいけど僕らろくな企画をやっていないな）」の収録後は、自分の弟子格の若手芸人に対し「ルール説明の時、俺がお前に背中を向けて、10m下のプールを見下ろして『怖い怖い』を連発してたろう。なんでお前はあのとき俺を蹴らないんだ!?　失礼にもほどがある！」と説教していた。

「野球拳」の収録前にディレクターに「『古びた白ブリーフ』と『ヒョウ柄のTバック』どっちがいいですか?」とまだ負けるかどうかもわからないガチンコ勝負に備えて聞いているブッチャーさん。勿論負ける。などなど、僕の中のブッチャー芸人伝説は尽きない。

酒を飲んだ席などで突然「俺。売れたい」と芸暦5年ほどの若手相手に語りだす、芸暦20年のブッチャーさんだが、僕は心の中で「今のままのブッチャーさんでいて下さい」と思っている。悪いけど。

ブッチャーさんは、いま芸名を「ぶっちゃあ」に変えて、相変わらず小活躍中です。

「警備」の話

思い起こせば、17歳の時にお笑いを始めて今にいたるまで、小さいながらも「あ、俺いま一ランク上がった」と思う瞬間が何度かあった。「何度かあっていま程度の位置かい?」というもっともな指摘はあろうが、ドラクエのキャラクターのレベルにしたら0・01レベルの「テレビ局からお弁当が出た」とか「楽屋があった」程度のことでも数に入れているのであしからず。

そんな中で今でも強く覚えているのが22歳の時の「岩田さんに認めてもらった瞬間」のことだ。岩田さんは石川島播磨の造船工場を定年まで勤め上げ、それでも残った住宅ローンのために警備員をやっていたおっさんで、昭和から平成にかけての激動の時代に有楽町のニッポン放送の正面入り口の警備を担当していた人だ。

岩田さんは頑固なうえに責任感が強い人だから、ニッポン放送の入り口を通ろうとするあらゆる怪しい人物を止める。っていうか完全に怪しくない人以外全員止める。「生放送に間に合わない!」と駆けてくるリポーターも岩田さんは見逃さない。「生放送に間に合わないリポーターを装った敵」の可能性があるから。おそらく背中に大きく「リポーターでございます」と彫ってあっても入れないと思う。むしろ入れない。そんなリポーターは普通いないから。

20歳そこそこで、ラジオ局に出入りするようになったばかりの僕なんて当然ストップだ。受付に連れて行かれて「どの部署の誰に何のために会いに来たか」を紙に書き、内線電話で相手を確認して初めて局内に入ることができるのだが、僕の場合、その相手もここで岩田さんに止められてるであろう、かなり不安定な立場の若手放送作家だったりするし、用件も「『なんか面白いことないかなあ』とかいいながらだべるだけ」という、正式な番組企画会議には程遠いものだったりするから、延々と止められる。たまたま通りかかったニッポン放送の正社員が「この人はタレントさんだから」といってくれて初めて通行許可だ。

また、局が発行した入構許可証があれば、さしもの岩田ガードもパスできるのだが「タレントは顔そのものがパスなので入構証など渡すのは失礼」的な不文律があって、タレント本人は入構証をもらわない風習なうえに、その代わりにもらうはずのマネージャーなどついていないから、こういうことになる。大体、顔パスにならない知名度だからこそマネージャーがつかないわけで、制度そのものに欠陥があるわな。

てなわけで、毎回毎回岩田ストップの受付行き。その後オールナイトニッポンの二部を受け持つようになってからも、社員ディレクターが同行しているとき以外は岩田ストップ。それがそのうち「あんたが悪い人間じゃないのはわかってるけど、俺も仕事だからよ」と一声かけてくれるようになったものの、受付行き。

そんなある日、いつものように岩田ストップを覚悟して入口に行くと、岩田さんが僕を止めない。「やや、岩田さんが僕を止めない、これは岩田さんを装った敵なのでは？　この岩田さん風の男の警備会社の社員証を確認するべきなのでは…」と思いつつ、こっちから「あの…受付に行かなくていいんですか？」と尋ねると、岩田さんが入口ロビーの壁を指差していった。「随分出世したね」。そこには、その日から始まった深夜番組聴取率強化キャンペーンのポスターがあって、中央に僕の顔写真がでかでかと載っていた。たった一ヶ月だけの、社内向けのキャンペーン用に、オールナイトニッポンのパーソナリティの中で一番ギャラが低かったのを理由に起用されたものだったが、ポスターそのものよりも岩田ストップなしで入口を通過できたのがすごく嬉しかった。初めて岩田さんに止められてから実に2年の月日がたっていた。

あれから15年。岩田さんは今どこで誰を止めているのだろうか？

こ

「ゴキブリ」の話

つい1時間前、我が家の2階廊下にゴキブリが出た。部屋を汚くしていた一人暮らし時代とは違って、一年に1、2回しか見かけないあいつだが、シティボーイズのきたろうさんやベンガルさんとは違って「久しぶりに見るとやっぱ良い味出してるなあ」とはならない。まことにもって不愉快以外の何ものでもない。大の大人が、しかも体重120kg近い巨漢がこんなことを書くのもなんだが、僕はゴキブリが大の苦手だ。いや、ぶっちゃけゴキブリが怖い。物凄く怖い。

何かで読んだが、あいつは我々人類がこの地球に現れるずっとずっと前から存在するのだという。もう何億年も前からいるとか。向こうからいわせれば僕を始め人間に対して「後から来たくせにその態度は何だ!?」ということだろうが、こっちもいわせてもらう。「あんた、何億年もの間何をしていたんだい!?」と。色をカラフルにするとか、奇麗な声で鳴くとか、動きをコミカルにするとか、光るとか、喋るとか、何か一つくらい進化しても良さそうなものだろうに。そうすればここまで嫌われることもなかったろうに。

ところが専門家にいわせるとあのゴキブリ野郎、実際にはかなり進化しているという。専門家といってもウチの親父の話で恐縮だが、もともと親父はライオンという会社で『ゴキブリ全員集合』といういわゆる『ゴキブリホイホイ風ゴキブリ捕獲器』の研究開発に携わっていた男なので、いわゆるそこいらのおっさんのたわごとではない。

親父曰く、ゴキブリの急速な進化が始まったのはここ30年のこと。何億年もぼぉーっとしてたくせにイキナリだ。歴史で習った大化の改新が645年だから、今年2003年までで我々の歴史を約1358年として、これとゴキブリの歴史を少なく見積もって1億年として当てはめると、飛鳥時代から何の進化もしなかったのが3時間半前に急にやる気マンマンという「お前なにがあったんだ？」っぷりだ。
で、何があったのかというと、このキッカケが皮肉なことに、殺虫剤およびゴキブリ捕獲器の登場だと親父はいう。

　ゴキブリ捕獲器と脚力の進化の関係が説明しやすいのだが、あのベタベタ方式のゴキブリ捕獲器の爆発的な普及は、ゴキブリサイドとしてはかなりのピンチだったらしい。たいていのものは『テレビジョッキー』や『お笑いウルトラクイズ!!』におけるトリモチ罰ゲームで悶絶するたけし軍団よろしく、あそこで動けなくなり、死んでしまった（たけし軍団は死んでないけど）。

　そんな中で生き残ったのは、ゴキブリの中でも一握りの脚力の強いものだけだった。が、この脚力の強いもの同士が結婚しお得意の繁殖力で数を増やす、となるとそのサラブレッドゴキの中でも更に脚力の強いものはもう捕獲器なんて屁でもないからさらに増殖。負けずにウチの親父、更にベタベタの強いタイプのゴキブリ捕獲器を開発。ところがどっこい更なる脚力のエリートだけが生き延びて…の繰り返し。で、今のゴキブリは30年前当時に比べてものすごく脚力が進化しているという（殺虫剤の毒に対する耐性もしかり）。

ハンマー投げの室伏の子供が女子ハンマー投げの選手と結婚し続けた10世代後のようなものだろう。

そうなると今度は捕獲器、殺虫剤も更に改良しなければいけないのだが、今回我が家に導入されたのが、テレビＣＭで見た時に「ついに最終兵器登場か」と期待された、あの殺虫剤のノズルから糸状のものが飛び出し、それがゴキブリを包み込み窒息死させたうえにそのままゴミ箱にぽいできるというアレだった。

かみさんが奴の登場に備えて買っておいたというスプレー缶を手に、壁で息を殺し静止するゴキに近づく僕。怖い。怖いけど僕には新兵器がある。考えてみればこれはこの30年間の父子二代にわたる戦いでもある。メーカーは違えど、この最新殺虫剤は対ゴキブリ殺虫剤開発者の戦いの末にたどり着いた結論なのだ。

「お父さん、貴方の歩いてきた道はこうして21世紀に繋がりましたよ。ゴキブリの進化の話を僕に教えてくれた時、定年間近の貴方《あなた》はどこか寂しそうでしたね。自分たちが害虫の根絶のために作り出したものが逆にゴキブリの進化を生み出してしまったという皮肉に、ほとほと疲れたという表情でした。しかし、それは無駄ではありませんでした。僕が今ひとたびこのボタンを押せば、ノズルの先から無数の糸が噴出し、あのゴキブリめをがんじがらめにし、絶命へと追い込むでしょう。そしてお父さん、あなた方ゴキブリ殺虫剤開発チームが勝つのです」

この話が『プロジェクトX』で放送される時には田口トモロヲ氏に淡々と読んで欲しいナレーションが頭の中をよぎり…僕は…ボタンを…押した。

二度ほど身をかわしつつも、糸の波状攻撃に自由を奪われ、ゴキブリは床に落ちた。そこに最後の噴射。ゴキブリはテレビCMで見た通りの白い塊の中に埋もれ…動かなくなった。

ここで中島みゆきのヘッドライトテールライトが流れ、現在のウチの親父のインタビューが流れつつスタッフロールと…いきたいところだったが…。

壁に付いた糸が取れないのだ。ムキになってゴキを追い回した分、かなりの量を発射したのだが、壁紙についた分が爪先でつまんで一本一本はがしても取れない。あの商品を使ったことのない人は、東急ハンズのパーティーグッズ売り場で売っているパーティー用の蜘蛛《くも》の糸スプレーを噴霧した後を思い浮かべてくれればいい。白い糸が壁にベッタリ張り付いている。クリスマスでもないのに。しかもパーティー用のあれより粘着力がすこぶる高い。

後からスプレー缶を見てビックリ。『使用上の注意。カーペット、壁紙の類には使わない。廊下も凸凹があるところには使わない。もし使う場合はあらかじめ目立たないところに噴射して大丈夫かどうかを確かめてから…』と事細かに書いてある。

確かに最初に読まなかった僕が悪い。それは認めるが、ゴキブリというのはそんな指定通りの場所に現れてくれるものなのか？　そんな聞き分けが良い奴だったらウチの親父も苦労しなかっただろう。いつどこにでも現れて予想外の動きをするのがあいつらの何億年も前からの戦法ではないか。使えん。親父には悪いが、まだまだゴキブリ殺虫剤開発者とゴキブリの長き戦いは終わらないと思う。

さ

「坂」の話

　このコラムではあまり触れたことがないので知らない方もいるかと思うが、私、伊集院光の体型はやや太り気味である。現在の体重は１３５kgあり、時折ダイエットも考えなくはない。であるからして坂は嫌いだ。１００kgぐらいの標準体型の御仁《ごじん》ならば「でも、下り坂なら大歓迎だろう」というかもしれないが、僕級になるとそれすら嫌だ。正確にいえば僕的にはいいのだが、僕の膝《ひざ》君が「責任もてない」ということらしい。以前仕事で高尾山に登った帰り道、最後の下り坂で膝君がギブアップ宣言してしまい、ブレーキが利かなくなり、前を歩く連中を恐怖のドン底に叩き込んだことがある。その光景はまるでかの名作映画『レイダース　失われた聖櫃〈アーク〉』の前半でインディ・ジョーンズが巨大な球形岩に追いかけられているようであった。ちなみに上り坂のほうは嫌いを通り越して黙ってなるべく遠回りだ。

そんな僕だから人生の中で印象に残る『坂』を聞かれれば、以前住んでいた場所のすぐ近くにあった『東京二十三区内で一番勾配が急な坂（多分本当）』で、記録的な大雪の日に面白半分でヘッドスライディングをしたら走馬灯が見えた話や、日暮里にあるこれまた急勾配の坂を自転車で下っていたその時、強く握ったブレーキのワイヤーが切れて走馬灯が見えた話、長野県から新潟県に抜ける鬼押し出しという怖い名前の坂で走馬灯が見えた話など、いくつか思いつくが、僕の人生を変えた坂となるとあの坂しかない。十数年前、毎日のように僕の前に立ちはだかったあの坂の話だ。

高校生時代の僕は今よりずっとスリムで、１２０kgほどしかない、いわゆるぽっちゃり型だった。当時家から15分ほどの通学路を自転車通学していた僕の大嫌いな坂があった。ＪＲの王子駅から足立区方面に裏道を通ると差し掛かるその急勾配の手前で僕は毎日学校へ行く気をなくし、なんども王子にＵターン、あの坂が原因で僕のスクールエスケイパーライフ（あ、これ僕が考えた言葉。『登校拒否』ってなんか暗いんで…）が始まったといっても過言ではないし、その結果高校中退という菊川怜の真逆のプロフィールを頂戴したことになる。『心臓破りの坂』。あの坂さえなければ野球部の朝練にももっと意欲的に参加しただろう。『学歴落としの坂』。あの坂さえなければ10代を伏目がちに過ごすこともなかったろう。

で、先日その『明るいハイスクールライフと無縁坂』を十数年ぶりに見に行くことにした。ただ何の気なしに原チャリで。懐かしさと後ろめたさの通学路、同じ街から同じ学校に通い皆勤賞だった平井君と比べれば、その3分の1も通っていない道だが、結構いろんな記憶が甦《よみがえ》る。そういえばここに貸し本屋があった、とかこの商店街は3のつく日が縁日だった、とか考えながら裏道へ、そして例の坂までの直線に。

直線入り口の公園の公衆便所で、よく糞《くそ》をした。ぽつんとある雑貨屋で『週刊少年ジャンプ』を立ち読みしていた。いろんな記憶が甦る。もうすぐ坂だ、『学歴社会と縁切坂』だ、原付とはいえこの巨体を乗せてではすんなりとは登れまい…ところが。ない。坂がない。否、坂はあるのだが、なんのことはない5mほどの急勾配というにはほど遠い、自転車ならば立ちこぎでケツを3、4回プリプリとやれば一息で越えられるほどのプッチ坂がそこにある。この20年で背が伸びたからか？　いいや1㎝も伸びていない。雑貨屋のおばちゃんに話を聞きに戻る。

「おばちゃん、あそこの坂っていつ改修されたの？」「改修なんかしてないよ、昔からあんな感じだけど」「昔って？」「あそこに工場が出来た時分だから、50年位前かしら？」

何のことはない。僕はあんなチンケ坂が巨大に見えるくらい学校に行きたくなかったのだ。学校まで後3分の1のこのあたりで胃が痛くなり公衆便所に駆け込み糞をして、雑貨屋でだらだら漫画を読んで、たいした事ない坂の手前でUターンということか。人間の脳ってすごい。

「ザリガニ」の話

バスフィッシングに代表される『食うためではない魚釣り』がスポーツフィッシングなら、ザリガニ釣りもスポーツフィッシングだ。もともと日本国内にはいなかった外来種のブラックバスとアメリカザリガニを釣るという点でも共通だ。

今から25年以上前、僕はバスを釣る『バサー』ならぬ『ザリガナー』だった。大きいのを釣った人が偉いという点ではバスと一緒だが、より赤いと偉い（赤いのは通称『マッカチン』）、脱皮したてのブンニョリしたやつを釣ると駄目（脱皮したてのは通称『ブンニョリしたやつ』。今のボキャブラリーだったら『ソフトクラブザリ』くらいの粋な呼び名をつけるのに）といろんな基準があって奥が深い。また『キャッチアンドリリース』どころかひどい時は『キャッチアンドいじり殺し』『キャッチアンド爆竹』という壮絶な一面も持つ。

家から歩いて15分ほどの荒川土手の橋の下が絶好のポイント。今よりずっと整備されていないでこぼこの土手に大雨で水が溜《たま》り、一日中日陰になる橋の下は、いつも池のようになっていた（水溜りといって侮っちゃいけない。僕は一度ここで溺れ死にしかけたことがある）。

この橋の下の水溜りに着いたら、初心者はよっちゃんイカをたこ糸に結んで当たりを待つ。上級者になると、誰かの釣ったザリガニに逆エビ固めをかけてぶち殺し、剝《む》きエビにしたものを餌にして釣る。とってもバイオレンス。

獲物がイカをつかんでも慌ててはいけない。針がついているわけではないからすぐにハサミを離されてしまいボチャンだ。そろりそろりと糸を手繰《たぐ》り寄せ最後の数十センチまできたら一気に引く。陸に上がったところででかいハサミに気をつけて後ろから背中を親指と人差し指でつまんでゲット。

ゲットしたザリガニは、初心者の頃はバケツに入れて家に持ち帰って飼ったりしていたが、すぐに飽きてしまいしばらくすると良くて共食い悪けりゃ腐敗のパターンを繰り返し、上級者になってからは、真剣に釣っているザリガニ釣り仲間の鮎川君の背後から耳を挟ませたり、爆竹つかませたりと、やっぱりバイオレンス。

たまに『のら犬対ザリガニ』も開催。これはK－1並みの興奮。体格的にも絶対有利の野良犬がなんランクも軽量のザリガニに対してなめてかかったからさあ大変、野良犬の『何でも匂いをかいでみる』という癖も裏目に出て、鼻を思いっきり挟まれ「ぎゃいーーん！」。まさかの大番狂わせザリガニ優勢。でもザリガニを鼻にぶら下げたまま犬はどっかへ行っちゃったりするから、結局両者リングアウトで引き分け。ザリガニ釣りって面白い。

そんなある日のこと、僕らのザリガニ釣りポイントが荒川土手から国鉄田端駅の側《そば》のどぶ川に変わった（理由は僕が荒川土手で命を落としかけたから）。ここがまたよく釣れた。ところが1年もしないうちにこのどぶ川にコンクリートで蓋《ふた》をしてその上を駐輪場にする計画が持ち上がった。当時小学校4年の僕らは「役所のやることはいつもこうだ。俺たち漁師の気持ちなんて考えちゃくんねえ、これじゃ諫早湾《いさはや》と同じじゃねえか!?」（少し脚色。大体の気持ちはこんな感じ）と怒りをあらわにしたものだが、そんな小学生の意見など聞き入れられるはずもなく、あっさりとベスト・オブ・ザリフィッシングポイントは自転車置き場になってしまった。

それでも僕らは専業漁師ではなく、他に野球選手であり、さすらいの自転車乗りであり、絵描きでもあったから、すぐにそんなことは忘れてしまい、おそらくスーパーカーブームあたりに心を奪われていたと思われる。

そんなこんなで2年ほどたったある日、クラスメートの梅沢君がビッグニュースを持ってきた。「田端の駐輪場の近くでトラックが事故を起こしてコンクリートの蓋が割れて下からあの伝説のどぶ川が姿を現した！」。その日の放課後すぐに友達5人と現場に向かうと、確かにコンクリートの板が1箇所割れて穴が開いている。子供1人通れるぐらいの穴におあつらえ向きに割れて落ち込んだ厚いコンクリートの板が滑り台のようになっているではないか。もうこうなったら探検だ！　探検しかない！　近藤君の家から大きな懐中電灯を持ち出し、穴の中に降りてみる。そこで探検隊が見たものは!!!?

いま思い出してもおぞましい…無数の白くて半透明のザリガニだった。半べそで穴から這い上がって逃げ出した探検隊、その話をクラスメートにいっても誰も信じない。しかも穴はすぐに立ち入り禁止になり、半月もしないうちに塞《ふさ》がれてしまった。

あれから22年。たまに田端駅の駐輪場を通ることがあるが、なぜか早足になってしまう。もし今、コンクリートの蓋を開けたら、どうなっているのだろう。白透明のロブスター大のやつがいっぱいいいたりして…。

謎の写真コレクション さ～な編

よく見ないとわからないかもしれませんが、大昔に落とされて化石化した軍手です。もはやアートだと思っています。

さ 最後のおちてぶ

落ちている手袋の写真も相当数にのぼりましたが、上のような究極的なのが撮れてしまい、最近は少し熱が冷めぎみ。

つり銭出口あたりから侵入したツタが販売機の中じゅうに、ぎっしり繁殖しています。

「機械が自然に還る系」は特に好きですが、ここまでのものはもはやアートだと思います。アートコーヒーです。すみません。

し 自動販売木

soft
DRINKS

防犯のためにお屋
敷の塀や門の上に
ある泥棒よけです。

13日の金曜日だっ
たら、必ず誰か刺
さって死にますね。

す スプラッタ

せ セキュリティ

確かに見ただけで侵入を諦めるでしょう。

返しもついてまず抜けませんから、夜が明けると泥棒が刺さってる。

ブロック塀の上にコンクリートを盛って、乾かないうちにガラスの破片をまんべんなく敷くという…痛すぎ。

そ 空高く吊り上げろ

一気に五本。工業地帯に行っちゃうと、前出の「亀田兄弟」みたいにキリがなくなっちゃうのだろう。

こういうのを見つけられる日は気分の良い日です。

空を撮るのは照れくさいけど、クレーンなら大丈夫。

これを撮ったときは「く」「レ」「ー」「ん」 を集めようと思いましたが、まだこれだけです。

理由なくクレーンが好きです。手当たり次第撮ります。目標は1000本です。

たタコレクション

縁日に出ているたこ焼き屋さんののれんに描いてあるタコを集めています。比べるといろいろで、のれんの形に沿って切っていたり(左下)。

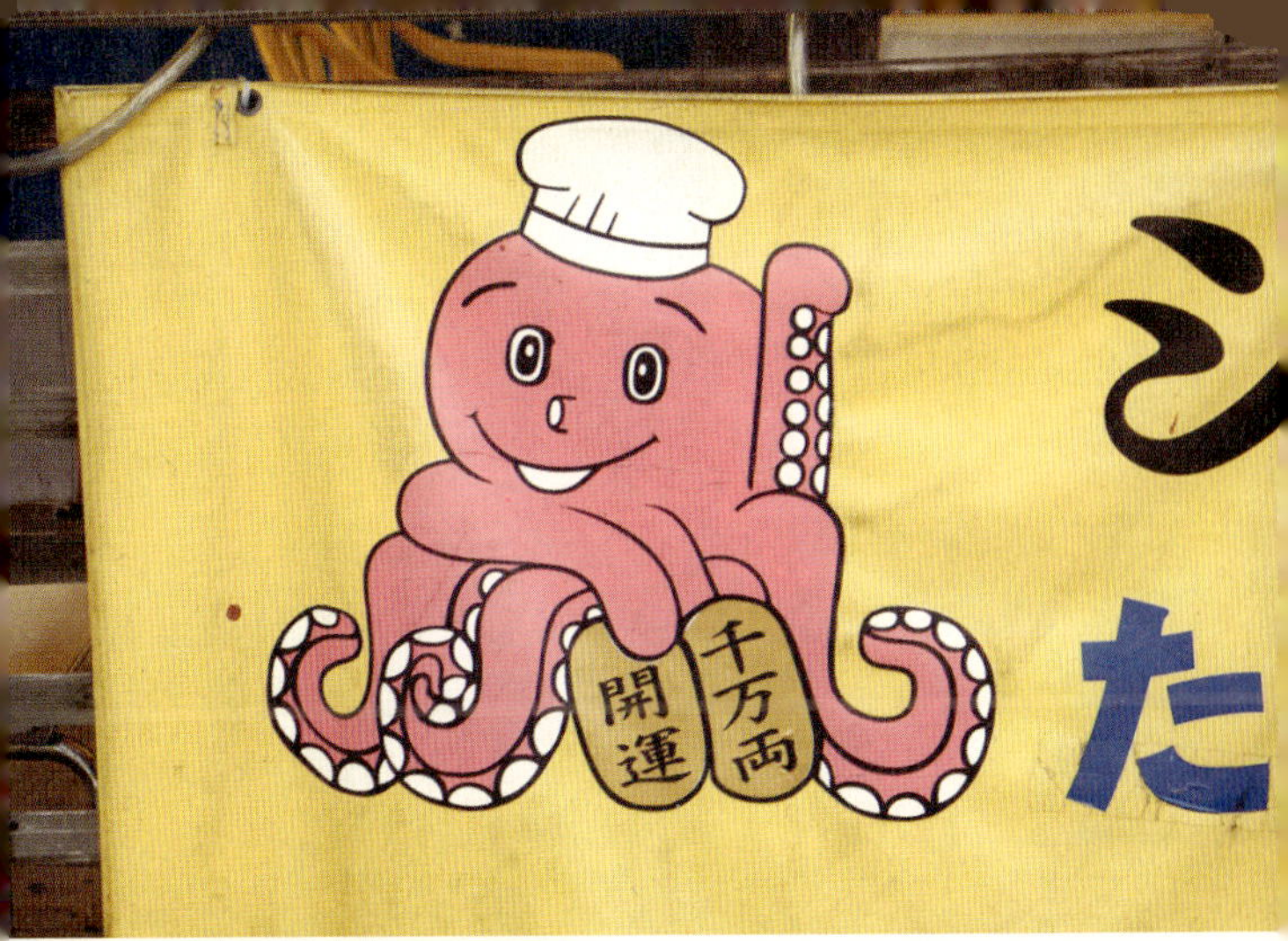

タコの「ちゅーちゅー部分」 が鼻になっているというレアなもの。しかも「招きタコ」。

メガネをかけています。

タコがたこ焼きを食べているという「共食」パターン。たこ焼きのイラスト上手い。

子供の頃「人造人間キカイダー」 という変身物のヒーローがサイドカーに乗っているのを見て憧れました。

ち 駐輪

アロエって遠い国の植物っぽいのにやたら育つ。

もはや何台分なのかわからない。3台？ 4台？

藤子・F・不二雄先生のSF短編『みどりの守り神』の、都市が緑に覆われたシーンを思い出すのです。

排気ガスを出さずに二酸化炭素を
吸って酸素を出す。究極のエコカー。

つ 蔦の絡ま～る

よく見るとサンダルが。すぐに出
かけるつもりだったのかしら？

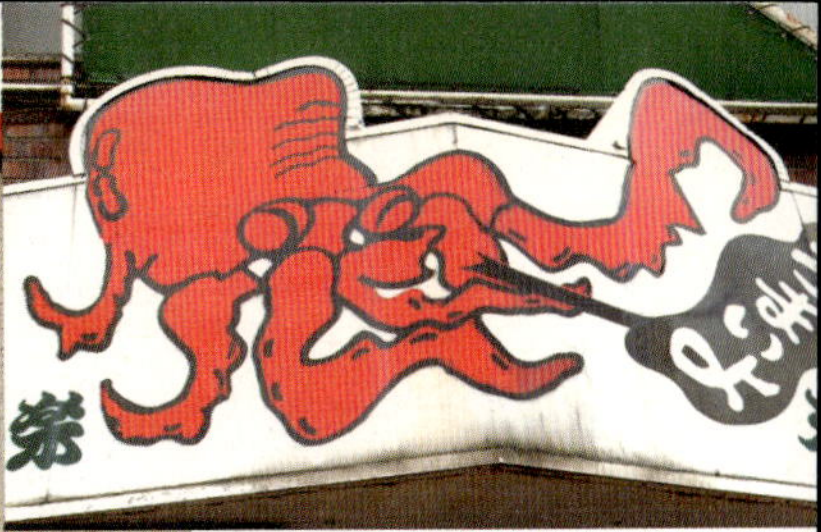

物凄いリアル。食べるより、食べられそう。

前出の「タコレクション」では、屋台のたこ焼き屋さんを攻めましたが、まだまだタコはたこさんいました。すみせん。ダジャレです。

て テンタクルズの逆襲

なんて可愛らしいタコだろう。

「カラープリント」とあるので
カメラ屋さんかと思ったら。

と どっきりカメラ屋

表通りの店構え以外ないという、どこでもドア風のお店。

写真っていうのは、本当に一期一会だと思う。

な 泣かないで。僕らがついてるよ

し

「週末何してた？」の話

このテーマを送ってくれた人にしてみれば「伊集院光とはいえ芸能人。週末ともなればさぞかし派手な交流や、豪華な遊びをしているのではないか？」くらいの気持ちで送ってくれたものと思う。それならば期待にお応えして、先週の土曜日の夜の僕の様子を何隠すことなく、何を付け足すこともなく書いてみる事にする。ドキュメンタリー『テレビでは見られない芸能人の週末』だ。

10月5日夜10時、四谷にあるスタジオでテレビの収録を終えた僕は、11時30分に新宿での打ち合わせのスケジュールを控え、少し空いた時間を買い物でつぶすことにした。

DVDを買うために新宿のTSUTAYAに向かう途中の路上で、ほろ酔い加減のおじさんに声を掛けられた。一方的に僕を「ひかるちゃん」と呼ぶ背広姿で40代中盤から50歳と見受けられるこのおじさんに見覚えはない。この仕事をしているとよく出会う、一方通行の知り合いだ。少なくとも僕を芸名の下の名前で呼ぶ人は知り合いにはいない。

おじさん曰く「自分は北海道から仕事で来ている。水産関係の仕事をしていて、今日は新宿にある魚料理の店に新鮮なカニを卸《おろ》す契約を取るために営業に来た。この不況でなかなか契約がまとまらない。カニのクオリティと鮮度が高いまま運ぶ技術に関しては余所《よそ》に負けないはずなんだが、景気が悪い時は値段の事ばかりでそういう技術面を評価してくれる店がなかなかなくて悲しい」とのこと。

「そうですか。大変ですね」。これくらいしか返す言葉もない。本来なら「そうですか」くらいの感想だけど、言葉の端々に「不況」というキーワードが入っていたので、儀礼的に「大変ですね」は付けた。

するとおじさん「ちょっと待って、車にアレがたくさんあるから、あげる」なんてことを一方的に喋って、週末の新宿の人ごみの中を掻《か》き分けて消えた。
1、2分待ってみたがおじさんが来ないのと、おじさんが聞いていたかどうかはわからないけど、おじさんが喋っている間に何度か「すみませんが急いでいるので…」といったので不義理にはならないだろうと、おじさんを待つのをやめて、TSUTAYAに入り、『仁義なき戦い』のDVDを購入、時間もいいし「さて待ち合わせ場所の喫茶店に行こうか」と街に出たところ、さっきのおじさん登場。
「探したよ！　はい。これ！」と手渡された両手で抱えるほどの大きな包み。何といおうか言葉を選んでいるとおじさん「俺急いでるから、じゃあ」といって、去った。

その一連の出来事が余りにせわしなかったので、週末に深夜の人通りの多い新宿のど真ん中で少し唖然としていると、両手で抱えていたビニールの包みがもぞもぞっと動いた感じがした。

「!?」。ビックリして、透明で白い小さな水玉模様のビニールの風呂敷に包まれた中身を覗くと、それは結構な大きさのタラバガニ。しかもモゾモゾするということは生きている。

「こんな高価なものをありがとうございます」とも思ったが、メインは「どうしよう」だった。

週末の深夜の新宿で、両手で生きた大きなカニを抱え、その上に『仁義なき戦い』のDVDを乗せている僕。しかも待ち合わせの時間までもう余裕がないので小走りだ。この体型だから少し小走りなくらいで汗をかく。しかし両手にカニではぬぐうことも出来ない。もし僕がこの「仁義なき汗だらだらカニデブ新宿編」に出会ったら無視、もしくは遠目で観察くらいのものだが、「若者」「酔っ払い」「事情を知らない」の三拍子が揃うと「伊集院ジャン！　握手握手！」なんていってくる人がいるから困る。こちとら両手がすっかりふさがっているのだ。カニで。

やっとのことで待ち合わせ場所に着いた。僕の都合でこの時間の新宿まで出向いてもらったのにもかかわらず、15分ほど遅れてしまったので、先方は少しだけ不機嫌そうだった。遅れた事情を説明しようとも思ったのだが、いろいろありすぎて面倒くさいので「すみません、TSUTAYAに寄ったらレジが混んでて」という半分だけを説明した。映画好きの先方は「何を買ったんですか？」と言葉のキャッチボールを返してくれたが「ええ、仁義なき戦いを」といって、DVDのほうに視線を移したタイミングで、僕の隣の椅子の上に置いた風呂敷包みがもぞもぞっと動いて、その上から「仁義なき」がずり落ちた。

「なんですか、それ!?」。驚いて聞く彼。「もうこうなったら長くなるけどきちんと説明しよう」と思って「カニです」と答えたが、それっきりで仕事の話が始まった。

「時間も時間なんで、早速ですが、今度出てもらう番組は『薬になるテレビ』といいまして、まだこれは仮のタイトルなんですが、2時間の特番で、今、『薬学の最先端ではどんな薬が研究されているかわかりやすくリポートする』という内容です。例えば人間の脂肪組織の中でも褐色脂肪細胞という部分の働きを活発にすることで、運動しなくても運動によるダイエットと同じ効果を得られる薬の研究が…」

ふと、話が止まる。相手の目線の先は僕の隣の座席だ。見てみると包みの中のあいつがものすごい量の泡を吹いている。なんだかわからないけど「大丈夫です。続けてくださいい、ははは」と苦笑いの僕。なんか「僕が勝手に連れて来た無関係の友人が仕事の邪魔をしてすみません」という感じだ。

「で、こちらが番組で取り上げる、薬の資料と、番組に参加してくれる専門家の先生の書かれた著書です。全部でなくて良いですからざっと目を通してください。それでは収録当日はよろしくお願いします」

仕事は終わった。既に深夜1時過ぎの新宿。カニを両手で抱え、その上に高倉健と医学書。タクシーに乗って家に帰るとかみさんが「このカニどうしたの!?」と聞いてきた。「もらった」というとすぐに茹《ゆ》でてくれた。物凄く美味しかった。カニを食べている時は無口になるとはいうが、ほとんど会話なくカニを食べてる最中かみさんが「こんな美味しいカニ誰にもらったの?」と聞いてきたが、面倒くさかったので無視して食べた。

以上。これがドキュメンタリー『テレビでは見られない芸能人の週末』の全てだ。

「新入社員」の話

僕の所属する芸能事務所、ホリプロに今年も何人かの新入社員がやって来た。先日もそのうちの一人を、僕の担当マネージャーである小林君から紹介されたのだが、その際の出来事。

会社全体ではかなり下っ端の部類に入る小林君も、入社したての新入社員の前ではちょっとばかり偉そう。テレビ局の楽屋に一人の若者を招き入れると、自己紹介を促した。少々緊張気味に簡単な挨拶をした若者に僕が尋ねたことは、「いきなりだけど、野球できる？」。早い話が自分の草野球チームへの勧誘だ。

「やったことはありますけど…」と、若者。ニュアンスとしてはそんなに乗り気には見えない。「別にうまくなくてもいいんだよ」。すかさずフォローする小林君。「…野球にはいい思い出がないんで」と暗い表情の若者。

「俺もさあ、野球なんてほとんどやったことなかったけど、これが結構やってみると面白いし、やってるうちにうまくなるもんだぜ」と小林君。確かに小林君も僕のチームに入った時はズブの素人でひどいものだったが、最近はそれなりに戦力になっている。というより、僕がチームリーダーになっているようなレベルだから、もとよりそのあたりに心配はない。別に無理に入団を勧めるわけではないが、足を引っ張ることを気にしているのならばそれには及ばないことを話してみるが、浮かない顔の新入社員。そのうち、小林君の携帯電話に着信が入り、小林君は楽屋の外に出て行ってしまった。

新入社員君と二人きりになった僕は更に続けた。「野球にいい思い出がないって、何があったの？」。

ここで僕は衝撃の告白を聞くことになる。

「はい、実は…僕のせいで僕のチームが甲子園のベスト8に進めなかったんです」

「？？？」

甲子園のベスト8に進めなかったということは、ベスト16には行ったということ？更に詳しく聞いてみると、以下の通り。新入社員君は高校時代結構な名門校の野球部に所属していて、3年生の時にはレギュラーを獲得。6番バッターとして予選は大層活躍し甲子園に出場したが、ベスト8がかかった試合で何度かチャンスに打てなかったために1点差で負けてしまって、以来、野球から遠ざかっている、とのこと。

唖然とする僕の前に、電話が終わった小林君が戻ってきた。何も知らずにさっきまでと同じトーンで話に参加してきた。僕と彼が黙っているのをいいことに、「俺がコーチしてやろうか」くらいのことをいっている。先に書いた「小林君も最近はそれなりの戦力になってきている」という言葉は「以前のように外野フライを額に当てたうえに落ちたボールを自分の足で蹴っ飛ばすようなことはなくなった」レベルの話なんだが…恐ろしい新人が入ってきたものだ。

「地元」の話

時々、テレビ東京系で放送中の『出没！アド街ック天国』に呼ばれる。東京の下町荒川区の出身である僕が最初に呼ばれたのは都電荒川線特集だったと思うが、最近はその都電荒川線の中の一駅である荒川遊園地前特集、荒川区のお隣・足立区のホンの一部である北千住特集や綾瀬特集あたりに呼んでもらった。

ふと思ったのだが、最初に書いた通りテレビ東京「系」の全国放送であるアド街を地方で見ている人にとって、荒川遊園地前周辺のお店って一体何なのだろう？　北千住に行く機会ってそんなにあるのか？　綾瀬にいたってはその存在を知ってるのか？

特に荒川遊園地前特集なんて、ＪＲや私鉄の駅でもない、路面電車の一つの停留所だから、かなり大雑把に見積もっても５００ｍ四方がいいところの狭い範囲の中でのベスト30ときて、知り合いの店がよくランクインすること！

あまりゆかりのない所の特集に呼び出されるより、コメントすることや僕だけの知っている情報があるのはいいのだが、「20位の店の次男坊が13位の店の長女の縦笛を放課後吹いてたのを20年前見た」とかいっても、困るだろう。放送する側も聞かされる側も当事者も。

そんな中ビックリしたのが、よく前を通っていた寂《さび》れた工場のオヤジが物凄い技術の持ち主で、受注生産で1本数万円する手曲げの耳かきを作っているらしく、その道では有名だったこと。工場の前の道でゴムボールで野球をやってて、強烈なファールボールが工場に飛び込んでこっぴどく叱られたことが何度かあることから、糞じじいとしか思っていなかったあのオヤジがである。

また、大して客も入っていなかった印象の銭湯の天井に結構な価値モノの絵画が貼られていたことも知らなかった。銭湯を利用することがなかった僕にとって、入り口横のコインランドリーに用もないのに入って週遅れの『少年チャンピオン』を読んだことくらいしか記憶にない。『少年チャンピオン』より絵画を見ろって。

僕の住んでいたJR田端駅の2つ隣の駅、日暮里特集の時も（ちなみに読み方は「にっぽり」ね。「っぽり」って日本語も凄いな）、バイトの帰りに切られた自転車のサドルを直してもらうためだけにたまたま寄ったことがある小さな自転車屋が、プロ仕様のレース用自転車のフレームのフルオーダーで名高い店として上位ランクされていたり、こ汚い旅館が昭和の文豪ゆかりの宿だったり。灯台下暗《もと》しとはこのことである。

最近はめっきり地元に立ち寄っていないので、逆に『アド街』出演で新しいお店を知ったりもするのだが、一番ビックリしたのは、とある下町の特集の時に「俺は親父みたいに小さなパン屋で一生終わるのはゴメンだぜ」といい放ちどこぞへと消えたはずのM君が、とても穏和な顔でパンを焼いていたことだ。

す

「好きな理由」の話

２年ほど前になるか、自分の担当しているラジオの深夜放送に立川談志家元をお呼びした時のこと。もともと古典落語の道をドロップアウトして今の世界に逃げ込んできた僕としては、談志家元は特別な存在で、何より６年間の修行時代にピリオドを打った理由の一つが「名人立川談志」の落語だった。

仕事疲れか、それが素の状態なのか、不機嫌そうにスタジオ入りした家元。僕は「機嫌を損ねて帰ってしまわないうちに…」とばかりにその話をした。

「僕は落語家になって6年目のある日、若き日の談志師匠のやった『ひなつば（古典落語の演目の一つ。短く軽い話で特に若手の落語家がやる話）』のテープを聞いてショックを受けたんです。『芝浜』や『死神』（ともに真打がおおとりで披露するクラスの演目）ならいざ知らず、その時自分がやっている落語と、同じ年代の頃に談志師匠がやった落語のクオリティーの差に、もうどうしようもないほどの衝撃を受けたんです。決して埋まらないであろう差がわかったんです。そしてしばらくして落語を辞めました」

黙って聞いていた家元が一言。

「うまい理屈が見つかったじゃねえか」

僕はうまいことをいうつもりなんかなかった。ヨイショをするつもりもない。にもかかわらず「気難しいゲストを持ち上げてご機嫌を取るための作り話」だと思われている。あわてて「本当です！」といい返したが「そんなことは百も承知」といった風に家元の口から出た言葉が凄かった。

「本当だろうよ。本当だろうけど、本当の本当は違うね。まず最初にその時のお前さんは落語が辞めたかったんだよ。『あきちゃった』のか『自分に実力がないことに本能的に気づいちゃった』か、簡単な理由でね。もっといや『なんだかわからないけどただ辞めたかった』んダネ。けど人間なんてものは、今までやってきたことをただ理由なく辞めるなんざ、格好悪くて出来ないもんなんだ。そしたらそこに渡りに船で俺の噺《はなし》があった。『名人談志の落語にショックを受けて』辞めるんなら、自分にも余所《よそ》にも理屈が通る。ってなわけだ。本当の本当のところは『嫌ンなるのに理屈なんざねェ』わな」

図星だった。もちろん『ショックを受けて辞めた』ことは本当だし、嘘をついたり言い訳をしたつもりなどなかったが、自分でも今の今まで気がつかなかった本当の本当はそんなところかもしれないと思った。10年もの間、いの一番に自分がだまされていたものだから、完全には飲み込めていないけど。

いろんな物や人が好きな理由にしたってそうだ。「家庭的だから」「目が綺麗だから」「平井堅に似てるから」「さっぱりしてるから」「デザインに丸みがあって、堅い材質の中にも温かみがあるから」。そんなものは理屈だ。本当の本当は「好きだから」以外の何ものでもない。それらを嫌いになる理由も「時々寂しそうな目をするのに気づいた」「そのやさしさが窮屈になってきて」なんていうのは理屈もいいところで、

「ただなんとなく嫌いになった」ということだ。

特に我々の商売、その理屈をつけないとどうにも価値がないので「確かに癖はありますけど、嫌味がないんです。特にこのコクがこれ以上きつくなるとしつこくなるんですけど、素材の新鮮さがその一線を守っているところが好きなんですよね」などという。おそらく嘘だ。

「すげえびびった」の話

35年の人生の中で一番びびったのはいつのことだったろうと記憶を辿《たど》ってみたところ、いくつかの出来事が思い浮かんだのだが、「喉元過ぎれば熱さ忘れる」の言葉通り、ほとんどの出来事は「まあ、あんなことでびびってるなんてあん時はオイラも青かったなぁ（苦笑）」で片付けることが出来た。

中には「友人と二人で池袋文芸座前の通りを歩いていたら、怖いお兄さんに囲まれて、短パンのすそからモリッとうんこを転がした事件」も含まれているので、友人からいわせれば「『オイラも青かった（苦笑）』どころじゃないだろう」かもしれないが、現在の職業が職業だけにそれも何とか笑える。

そんな中、いま思い出してもブルッとくるのは20世紀の終わり頃の話。その日は珍しくかみさんが友人と北海道旅行に出かけていて家には僕一人。ここぞとばかりに深夜エッチなビデオを見まくっていたらなんだか頭が痛い。あまりにたくさん見たので知恵熱ならぬエロ熱か…とにもかくにもビデオは止めて明日の仕事に備えて寝ることにした。しかし、どうにもこうにも眠れない。明けて翌日は午前11時からＮＨＫ教育テレビにて、2時間の生放送の司会進行という大役が待ち受けているというのに。なんだかんだで出発予定の7時まであと一時間。こうなったら寝ている場合じゃない。ＮＨＫの朝のニュースを見ながら起きたまま過ごすことにした。

割とショッキングなニュースもなく、のどかな地方や季節の話題を見ていると、次第に頭痛も治まってきたと思った次の瞬間、テレビの調子がおかしくなったと思ったら、僕を呼ぶ女の人の声がする。「かみさんが帰ってくるのは明後日のはずなのに…」と思っていると、その声がテレビから聞こえてきていることに気付いた。画面をよくよく見てみると、昨日の午前中ＮＨＫの会議室での打ち合わせに参加していたお姉さんだ。「明日伊集院さんと一緒に司会をさせていただきます○○です」と挨拶された記憶がある。同じ声で「伊集院さんはもうすぐいらっしゃいます」といっている。

更に画面の左上を見ると「11：45」という謎の数字。「『十一対四十五』とは一体なんの比率なのだろう…」。この難問の答えは割とすぐに出た。現在11時45分。テレビの調子がおかしかったのではない。僕が気絶もしくは爆睡してしまったのだ。そして司会が来ないまま2時間の生放送が始まっているのだ。呼び出し音を聞いた覚えはないが、留守番電話が赤く光っている。再生ボタンを押さずともどんな音声が入っているのか想像に難《かた》くない。

いま目の前で放送されている番組は、夏休みの子供向けの特番ということで、カブトムシの飼育方法や上手な絵日記の描き方といった全国のちびっ子たちからの質問を、国語、算数、理科、社会、体育のブロックに分け、それぞれゲストの先生と伊集院お兄さんが答えるといった内容の生番組の予定だったが、今や僕が聞きたい。

「伊集院お兄さんは今どうしたらいいのかな。それから今後どうなっていくのかな?」

とにかく行かねばならない。平日の昼間とあってはタクシーよりも電車が速い。一目散に近くの駅に走り、電車でＮＨＫに行った。やっとのことで到着したところで、入口で待っていたスタッフに土下座しようとしたが、膝を折り曲げる暇もないまま手を引かれスタジオに飛び込んだ。

「ああ、いま伊集院お兄さんが到着しました！」とさっきテレビで見たお姉さん。すでに番組はエンディング間近の体育のブロック。目一杯の笑顔で「お兄さん体育が苦手なんで隠れてたんだ！」とこの土壇場において会心のアドリブ。誰も笑わない。僕の第一声を軽く無視してお姉さんがFAXを読む。「さて次のちびっ子からの質問は『逆上がりが出来ないんですがどうやったら出来るんですか？』」。伊集院お兄さんの答えは「頑張れ。とにかく頑張れば、例え失敗してもいいんだよ」という温かいもの。なぜなら自分にいっていたから。

あれから、もう5年以上が経つ。いつになったらこのことを思い出してもブルッとならない日が来るのだろうか。

せ

「先輩後輩」の話

ついさっきまで後輩芸人10人を引き連れて飲んでいた。こういう場合、我々の業界の暗黙のルールとして一番キャリアが上のものが全部支払うということになっているので、僕が勘定を持つことになったのだが、会計を見てビックリ。〆《しめ》て6万円也。高級店に繰り出した訳ではない。池袋の居酒屋でだ。僕だって若手時代はそうやって先輩からご馳走になってきたのだから文句はない。文句はないが、このデフレ時代低価格競争真っ只中のチェーン系居酒屋で1人あたり6千円も食うとは感心する。感心しているだけで文句はない。まったく文句はない。

最初にメニューを選んでいる時点で「若いうちは遠慮するなよ、こんな時にしか腹いっぱい食えないんだから好きなものをドンドン食え」といったのは僕だ。だからといって本当に好きなものをドンドン食っていいのだろうか。愚痴ではない。「これでいいのかどうか少し考えてみようよ。みんな」という提案だ。

芸人というのは日本語を自由自在に操る商売だ。そして日本語は表面上の意味合い以外にいろんな意味合いを含む奥深い言語だ。「遠慮しないで好きなものを食え」という言葉の裏に「刺身の盛り合わせや地酒以外で」という意味を読みとれないようじゃ君たちの将来はないよ。「今日は無礼講じゃよ」という上司の言葉をそのまま受けとってカツラをむしりとる馬鹿がいるだろうか…もちろん僕は6万円を嘆いているのではない。最近の若者たちの非常識ぶりを嘆いているのだ。

しかも今回、僕はダイエット中につき、大根サラダばかり食べていた。先輩が大根サラダを食べているということは、後輩が選べるメニューはおのずとお新香か鳥皮焼きに制限されるのがマナーだろうに。愚痴じゃない。あくまでディナーの席でのマナーの話。

確かに後輩のうちの何人かは僕に気を使ってくれた。僕の皿が空になるたびに「すみませーん店員さーん！　大根サラダお代わりお願いします。それからサイコロステーキを2人前と中トロ刺身を3人前」。気を使ってくれるのならば最後まで気を使ってくれませんか。小言じゃない。決して小言ではない。曲がりなりにもテレビに出ている僕が、後輩から尊敬される立場の僕が、たかだかチェーン系の居酒屋の会計のことで小言などいうわけがない。よく読んで欲しい。「気を使ってくれませんか」だ。ちょっとしたお願いだ。

で、帰り際、何やら後輩芸人たちが盛り上がっている。聞けば「このあと池袋西口界隈にあるチョイトHなお店に繰り出そう」てな話で盛り上がっているという。するとと間髪いれずに後輩の1人が「伊集院さん今日はご馳走様でした。僕らこれからちょっとアッチのほうに行こうと思ってるんですが、伊集院さんはテレビに出てるから目立つし、何かあったらまずいですからここで…」と切り出してくれた。

本当に気が利く後輩だ。僕はそういうことは嫌いだし、何より愛する妻を悲しませるようなところにはいくら後輩に誘われても行くことはできない。熱心なクリスチャンだし、写真週刊誌にでも撮られた日には合計20社とのCM契約もパーだし、テレビ

15本ラジオ10本のレギュラーもクビだ。本当に良かった。僕も何も怖いものなしの若手だったらなぁ…。

こんな優しい後輩たちに囲まれている幸せをみんなに伝えたかったので、コラムに書いてみた。

「善人」の話

一月《ひとつき》ほど前の出来事。

かみさんと外食をして深夜帰宅したら、家で飼っている犬どもがうるさい。「どこ行ってたんだよ！　早く飯にしてくれよ！」てな調子だ。と、ここまでは日常的な我が家の光景だが、3匹のミニチュアダックスフンドのうち、一番の元気者の様子がおかしい。よく見ると後ろの右足を引きずっているのだ。こりゃ大変だ。

我が家の犬たちはお手すらできない。お座りはするが、平気で自分のウンコの上に座る馬鹿犬揃いで、とりえといえばその元気さのみ。その唯一のとりえに何か起こったとなればあわてないわけがない。

びっくりして、その一匹を抱きかかえ足を触ってみるがウンでもなければスンでもない。ただただいつものように「飯はまだか？」の表情で尻尾をぴゅんぴゅん振るばかりで『馬鹿者』の面《つら》を前面に出している。足が不自由になったからといって、ペットに対する可愛がり方に何か変化が出るものでもないが、それが僕の処置の悪さによるものとなれば、一生後悔するのは間違いない。どうにか原因を突き止めて最善策をとろうと思うのだが、どうしていいやらわからない。電話帳をめくり近所で深夜もやっている動物病院を探したところ、あいにく該当するところはない。診察時間にかかわらず片っ端から電話をかけてみると、診察時間は終わっているにもかかわらず電話が繋がった動物病院が1軒だけあった。

ひどく眠そうな声の獣医さんに、なるべく冷静に状況を伝える。「右足を引きずっています。3時間前にはなんともありませんでした。今までこんなことは1回もありません。足を触っても別段痛がる様子はありません」。それを聞いた獣医さんの答えは「触っても痛がる様子がないのならば、骨折脱臼の類ではありませんね、おそらく何かの拍子に捻《ひね》ったかなんかして、その違和感がまだ残っているのでしょう。一晩置けばけろっと治ると思いますよ」とのこと。

診察時間外のため自宅の電話に転送されていると思《おぼ》しき、この迷惑電話にできる限りの対応をしてくれた獣医さんには、これだけでも感謝するべきなのだが、この寝起き獣医はこう続けた。「万が一のこともないとはいえませんし、初めてのことでしたらば、こうして犬を診《み》ずに電話口でいわれても心配でしょうから、今から病院にいらっしゃったらいかがですか？　そのほうが安心するでしょう。僕もすぐに病院に行きますから20分後に今からいう住所にどうぞ」

「世の中にはできた人もいるものだ」と思った。診察時間外の真夜中、自宅に帰って寝ていたところを叩き起こされ、専門家的にはできる限りのアドバイスをしたにもかかわらず、電話の向こうの馬鹿犬と無知飼い主の気持ちを見抜いて「そのほうが安心するでしょうから」という理由だけで、20分離れた職場に戻るとはなかなかできないことだと思う。

お言葉に甘えて、病院に直行。ほどなくして車で現れた獣医さんはパジャマの上に白衣を羽織っただけの姿。「本当にすみません」を連発する僕ら夫婦。

けれども、この獣医さんの「万が一のための」行動が、犬の命を救うことになったのだ…とくれば実にドラマチックな話なのだが、家の馬鹿犬、病院内を元気いっぱいにダッシュ&ターン&ダッシュ&ターン。勿論全ての足で床を力強く蹴って、まったく足を引きずる様子はナシ。「ね、けろっと治ったでしょう」と獣医さん。唖然とする僕ら夫婦。

病院のシャッターを閉めて再び車に乗り込む獣医さん。診察料の請求もなし。もはやひたすら頭を下げお見送りするしかない僕ら夫婦。僕らの車の中で馬鹿犬が「飯はまだか!」の顔をしている。

こんなことをいったら罰が当たるのはわかっている。何事もなかったのが最良なのだということもわかっているが、本当に贅沢なことをいっても許されるのならば「あと、1分後に治ってくれても…」と思った。

「節税」の話

愚にもつかないものをいろいろ集めている僕だが、中でもくだらないのが領収書のコレクションだ。「おいおい、領収書を集めるのは確定申告のためであって、それをコレクションとはいわないだろう」というご指摘があろうが、僕がコレクションしているのは宛名の間違ったレシート、僕命名したところの『誰シート（駄レシート）』という特殊なものだ。

買い物をしてレジで領収書を頼むと「お宛名はいかがいたしましょう？」と聞かれる。僕の本名は『篠岡』なので「『篠岡』でお願いします」という。これで「かしこまりました。『篠岡』様でございますね」ときてくれればいいのだが、たまに聞き返される時がある。

仕事柄滑舌《かつぜつ》が悪いほうだとも思わないのだが、口の中にまで肉が付いているせいか何度も何度も聞き返されることもたまにある。

そういう時は「下岡様ですか？」「いえいえ篠岡です」「島岡様？」「いいえ、シ・ノ・オ・カです」とこんなやりとりになるのだが、混雑しているコンビニエンスストアなどでは、背後からイライラオーラを感じて実にばつが悪い。こんな時、僕の滑舌が悪いか店員さんの耳が悪いかいい争ってもより時間がかかるばかり、そこで何と聞き取られようとも全肯定することにした。その結果生み出されたのが、僕ではない誰だかわからない宛名が入った領収書『誰シート』である。

代表的なものを挙げると「シモオタ様（下ネタ好きのオタクの感じがする）」「シヌカ様（いいえ。出来れば生きていたいです）」「農家様（東京のど真ん中で？）」「スヌーカー様（英和辞典で調べてみたら【ＳＮＯＯＫ・鼻に親指を突っ込んだまま手のひらをヒラヒラさせて人を馬鹿にする】とあった。それにｅｒだから、しょっちゅうそんなことをしている人のことか？　仮面の忍者赤影のチビか？　それともしょっちゅうＳＮＯＯＫされてるほうか？　だとすると後に付いた『様』がより酷《ひど》く馬鹿にされている感じがする）」「下馬様（２４６沿いの？）」「塩野谷様（この苗字は、高校時代のクラスメートに一人いた。とても珍しいと思うのだが、この店員さんも彼を知っているのか？）」「白馬様（どっちかっていうと豚だろう）」「しろうさ様（カワイイ）」「しぼうや様（どうりで腹の周りに在庫が沢山）」。

「嘘だろう？」と思うかもしれないが、勝手に会社や店の名前だと思い込んだり、外国人の店員さんだったりでこういうものが出来上がる。中でも一番凄かったのは、これまたアジア系外国人らしきコンビニの店員さんがくれた「相撲様」だ。まんまじゃん。

溜《た》まるたびにコピーして綴《と》じているのだが、税理士さんから「こんなレシート必要経費で落ちませんよ。損しますよ」といわれたので最近は「シ・ノ・オ・カ・です」ということが多い。でも、店員さんから「イ・ノ・ク・マ・様ですね」といわれると、コレクター魂がうずく。が、完全に必要経費で申告できる資料用の書籍3万円の領収書となるとぐっと我慢して「シノオカ」と書いてもらうまで問答する。

そ

「想像力」の話

ラジオ番組のスタッフが入れ替わると必ず問う。

「あなたの好きなエロアイテムは次のうちなんですか？　①裏ビデオ　②市販のエロビデオ　③エロ漫画　④エロ小説　⑤女体の形をした根菜《こんさい》　⑥エロカセット」

たいていの場合は①か②で、⑤の人はいない。⑥もほとんどいない。そんな時、僕は⑥のエロカセットの素晴らしさを力説する。「ラジオという音声のみで表現するメディアに携わるにおいて聴覚情報だけで興奮することの素晴らしさを知っていることが大切だからだ！」と声高らかにいって憚《はばか》らない。

　正直いって、このエロカセットが大好きだった少年時代の僕を肯定したくていいっているだけという面もある。が、事実、僕がラジオ番組制作をするうえでいつも頭の片隅に置いているのは、中学生時代に出会った一本のエロカセットのことなのだ。

　そもそも「エロカセットって何？」っていう人もいるだろう。エロカセは一般家庭にビデオはないけどカセットテープレコーダーはあったという時代の産物で、いま考えれば今年34歳の僕の家にラジカセが初めて来たのが3、4歳の頃で、ビデオデッキが来たのが14歳の時だったから、その全盛期は10年前後という寿命の短い文化だったと思われる。たいていはちょっと高価なエロ本に付録として付いていたり、エロ本屋の片隅にひっそりと並んでいたりの、今でいうAVの音声だけが録音されたカセットテープな訳だが、これが馬鹿にしたものではない。今日日《きょうび》そのままアイドルになれそうなお嬢さんが素っ裸になっている幸せな時代ではあるが、あのとき僕の頭の中に描かれていた美女たちより僕の好みの女性はいない。なぜなら僕が自分勝手に描いたものだから。エロカセにもいろいろあって、キチンとドラマ仕立てになっていてちゃんとしたケースに入ったものから、どこにでも売っているカセットテープに手書きのタイトルだけのいいかげんなものなんてのもあった。

そんな中で僕が今日にいたるまで忘れることの出来ない、ベストオブエロカセは後者のほうで、大変音質も悪く、ストーリーも無く、一番聴きたい女の人の声よりベッドの軋《きし》む音が大きく入っているという代物で、最初の10分くらいの場所に「毎度おなじみのちり紙交換云々《うんぬん》」がばっちり入っているというトホホな粗悪品。「つかまされた」と思った伊集院少年こと当時の田中少年は、次の瞬間カチンコチンだった。

ギシギシ、アッハン、ちり紙交換、の後ろにうっすらと「駒込え~駒込え~」というJR山手線、当時の国鉄山手線・駒込駅の構内アナウンスが聞こえる。僕の住んでいるところはその隣の田端駅。男性読者にはわかってもらえるだろうか、急にそのテープが『リアル』になったのだ。

「僕の家から自転車で15分のところでエロが行われていたとは…」

それからというもの何度も聞いた。もう女性読者が引いてもいいや、なんだか興奮して意味もなく駒込駅まで自転車で行ったこともある。何する訳でもなくうろうろした後、家に帰ってまたテープを聞いた。

「あの辺にエロがあったのか…」

バックアップをとるなんてことは知らなかったから、いつしかテープはよれよれになって、僕の頭の中にしかいないお姉さんはジャイアント馬場しか想像できないようになり、テープは捨ててしまったが、今でもあの粗悪なエロカセット以上の興奮を与えてくれるエロアイテムに出会っていない。

これは『想像力』というタイトルのコラムとして良いのか？

「卒業文集」の話

高校中退の僕だが、なぜか高校の卒業文集を持っている。というのも卒業文集の編集作業をしていた11月下旬の段階では学校を辞める気がなかったから。その時点では僕も学校側も卒業する気でいたので、作文も出したし卒業アルバムに載せる写真を撮ったりもしていた。３学期になってから急に気まぐれで自主中退と相成《あいな》ったものの、もはや刷り終わってしまった文集もアルバムも廃棄という訳にもいかなかったのだろう。卒業式後に送られてきた。別に読まないけど。

卒業文集も高校あたりになると文章力もそれなりについてきていて面白くもなんともないが、中学校のものは良い。僕の出た区立中学のように試験もなく漏《も》れなく入れるところは特に良い。特に学校で強制的に書かされない限り滅多に文章なんぞ書かない不良連中の作文は良い味出してる。「喧嘩で全国制覇すると思う。できなかったら実家のペンキ屋を継ぐと思うと思う」なんて書いてある。たった1行の文章の中にここまで突っ込みどころがあるものもそうそうはない。「思うと思う」ってなんだ？「喧嘩で全国制覇」なんて荒唐無稽なことが書いてあるかと思えば、急に冷静になって「できなかったら」と書き、えらくリアルな「ペンキ屋を継ぐ」と締める。っていうかよしんば喧嘩で全国制覇したとしても、食っていける訳でもないだろうからペンキ屋を継ぐことは必須だろう。もはや小宇宙だ。不良でも文章を提出するだけましで、極めていた連中は先生のいうことなんか聞かないから作文なんか出さないし、酷《ひど》いのになると学校なんか来ない。その結果卒業文集には、まだチン毛も生えてなかった中学1年生の時に唯一提出した読書感想文が載せられることになった、バリバリの不良だったS君。読書感想文の横に添えられた写真は修学旅行の時の写真が載っているが眉毛はない、髪の毛はそびえ立つようなリーゼント、木刀を持ち、開いた学ランからはさらしがのぞいている。そんな彼の作文のタイトルは『彦一とんち話を読んで』。「彦一は聞き耳頭巾を燃やして良かったと思いました。でももったいないとも思いました」と締めくくられている。爆笑だ。

そういう自分だってろくでもない文章を書いている。妙に大人びていて『我が人生の共演者たち』とタイトルがついている。たった15年間で『我が人生』ときてやがる。あのスポーツ刈りの肥満児が何をいってんだ。どこかで借りてきたような言葉が並び、その悦の入りようときたら赤面を通り越して酸っぱいものが込み上げてくる。もちろん少年時代の甘酸っぱい思い出なんかじゃない。胃酸だ。20歳の頃は恥ずかしさのあまり燃やしたかった。けれども35歳になった今、これが結構楽しめるようになってきた。この馬鹿さ加減に乾杯なのだ。こんな馬鹿な文章はあの時しか書けなかった。今どう工夫してもこの味は出ない。さすがに人に見せるのには抵抗があるが、もう4、5年したら公開したくなるかもしれない。

ワインと卒業文集は寝かせれば寝かせるほど味が出る。もしいま中学校時代の卒業文集を燃やしてしまいたいと思っているならば、それは止めるべきだ。しばらく寝かせることだ。

た

「駄菓子屋」の話

昭和42年に東京の下町に生まれ、そこですくすくと、育ちすぎるほど育った僕にとって、駄菓子屋には書ききれない程の思い出がある。

「でぶや」「やせや」「おまけや」「子供の店」「ちょうちんや」「佐野屋」…全部僕の家から小学校低学年の足で歩いて行ける範囲にあった駄菓子屋の名前。といっても駄菓子屋に看板が出ているわけではないので、仲間内で勝手にそう呼んでいただけのこと。おばちゃんがでぶだから『でぶや』。子供ってひどいな。

「駄菓子」の『駄』という響きが良い。駄犬、駄馬、駄作、無駄、駄目など、その一文字が入るだけで「クオリティーが著しく低い」ものになる『駄』の字を面と向かって付ける、その「一流を名乗る気は毛頭ございません」感がいい。自ら「高級洋菓子」なんて名乗るエリート気取りよりもずっと付き合いやすい。

ただただ真っ赤な「スモモ」、ヨーグルトでは決してない「ヨーグルト菓子」、串に刺した「酢イカ」、ニセモノの「ベビースターラーメン」っていうか正真正銘の本物の「ラメック」。こんなのは高級なほうで、ただ単に「甘い紙」っていうのもあった。「甘酸っぱい粉」とかも。

そうそう「焼肉さん太郎」も謎だらけだった。「焼肉」って書いてあるけど「成分・鱈《たら》」だし、大体「焼肉さん」って呼んでから「太郎」とくるそのネーミング。「焼肉太郎さん」でも「焼肉三太郎」でもないという。

それらの中には出世してコンビニの店頭に並ぶ「駄菓子」もあるが、当時の怪しさはまるでない。おばあちゃんの気分で決まっていた賞味期限もきちんと表示され、健全そのもの。そういう法律があるんだろうし（前出の「ヨーグルト菓子」の代表「モロッコヨーグルト」も「乳製品ではないものに『ヨーグルト』と名づけるべからず」

という法律ができたために「モロッコヨーグル」になりました）子供の健全な発育のために大変良いことなんでしょうけど、なんだか残念だ。

ギャンブルもあそこで覚えたと思う。中に白い玉が入っていると一回り大きいのがもらえる「餡子玉《あんこ》」。10円渡して黄色い棒を押し込むと色とりどりのガムが出て、赤が出ると100円もらえた「くじボールガム」なんてギャンブルそのものだったし、店先の10円ルーレットから本来メダルが出るところを10円玉そのものがジャラジャラ出てくるという、どう考えても日本の法律ではアウトの、プチラスベガスな店まであった。

いま思い出した話。僕の通っていた尾久西小学校の生徒は荒川第七中学校に進む。同じく隣りの尾久第六小学校の生徒もこの中学校で合流する。お互い打ち解け始めたある日の学校帰りに『おまけや』に寄ろうという話になったのだが、尾久六出身の平井君曰く「『おまけや』？　そんな駄菓子屋そこにはないよ。あのあたりにある駄菓子屋なら『死神屋』だろう？」。はて？　尾久六と尾久西の学区の境目に位置するその場所に駄菓子屋は一軒しかないはず。チン毛が生えたばかりの小さな脳みそたちがしばらく話を突き詰めていくと、何のことはない、一軒の駄菓子屋を、尾久西では店のおばあちゃんがよくおまけをしてくれるので代々『おまけや』、尾久六ではよくわからないけど何年か前から『死神屋』と呼んでいるということだった。

確かに何のことはない話なのだが、あの僕らにやさしい『おまけや』のおばあちゃんが、何年か前に尾久六の生徒に見せた『死神』の側面って…子供心に掘り下げてはいけないことのような気がして、無言のまま「さくら大根」をチューチュー吸っていた。

「立ちション」の話

2ヶ月に一度くらいのペースで通りかかる飲み屋横丁の一角にこじゃれたレストランが開業したのは、2年前くらいのことだったたか。

店先に陶器製のコックの人形が立っていて、その手に持ったウッドボードに「本日のコース　※当店は1コースのみのメニューを真心と自信を持ってお届けしております」と書かれている。チラッと覗いてみると内装も、超高級店ではないまでもウッド調でおしゃれ。両隣の飲み屋はところかまわず「焼き鮭定食」やら「ハンバーグーステーキー（原文まま）」と手書きの品書きが貼りまくられている感じだから違和感バリバリ。裏手を通りかかるだけで飲み屋にもレストランにも立ち寄ることのない僕の正直な感想は「随分不似合いなものが出来たなぁ」だった。

ちょっとしてまたそこを通りかかると、レストランの裏手にウッドボードが。「天使が見ていますよ」の文字の左上に天使のイラスト、右下に赤ちゃんがおしっこをしているイラスト。一瞬何のことかわからなかったが、どうやら「立小便禁止」ということらしい。飲み屋横丁の不埒《ふらち》な酔っ払いがここで用を足すのだろう。僕は「おしゃれな注意の仕方もあるものだ」と思った。ちなみにお店の中を覗くとお客さんはポツポツだった。

また少しすると、今度は表のウッドボード（陶器製のコックが持っているやつ）が変わった。「コース以外も始めました。ワインだけのお客様もどうぞ」。また少しすると裏のボードが「立小便は犯罪です」。また少しして裏のボードが手書きになって「立ちションベン現行犯警察に突き出す！」。表のコックの胸にも手書きの「ランチ各種定食あります」。人の悪い僕はこのあたりから面白くなってきて、近くに寄った際には少し遠回りしてでもこの横丁を通るようにしてきたのだが、期待通りの変化を見せ、今では表のコック（酔っ払いが抱きついて壊したのか後頭部が欠けてボンドで修復された跡あり）の顔にマジックで殴り書きした「本日メンチ定580、アジフライ定580」の紙が貼ってあるし、裏もビニールで包んだダンボール紙に「立ちション見つけたらチンポぶった切る！　公衆便所→」。で、結構お客が入っている。それどころかこの間は、おそらく横丁の従業員であろう割烹着の客もいた。

僕はこの変化が嫌いじゃないし、今このお店を心から応援できる。若い御仁《ごじん》やおしゃれさんがこの出来事をどう受け止めるかわからないけど、すごく頑張ったお店だと思う。退廃でも妥協でもなく、進化進歩の類だと思う。違うか？

ち

「超難問」の話

スフィンクスの前を通る時に出される超難問といえば「朝は4本足、昼は2本足、夜は3本足、これなんぞや？」だ。

既にこの謎々の答えは広く知られている。「答えは『人間』です。生まれた時はハイハイなので4本、その後2足歩行、歳をとったら杖を含めて3本になるからです」と答えれば石にされることはない。

「バッカじゃねーの!?　そんなの簡単だよ、超有名だもの。人間だろう人間。じゃ、通るよ」っていったら「なんかむかつくから石！」かもしれない。「前の日の夜に足を6本食われた上に、翌日の昼前に更に2本食われて、その後夕方あたりに奇跡の再生能力と持ち前のガッツでなんとか足1本だけ再生したイカ！」と答えたら、答えは間違っているけど、スフィンクスのツボにはまれば許してもらえるかも。

一方、若手芸人が避けて通れない先輩芸人からの超難問は「コンビニ行って美味しいもの買ってきてくれ！」。先輩芸人と一緒にいて暇な時、小腹の空いた先輩から出される。

ヒントは、その先輩の嗜好や、いま現在のお腹の空き加減、渡された金額、機嫌、と多いようで少ない。正解の商品を買ってくると物凄く褒められ、気に入られ、時にはお釣りをもらえたりする。間違えると怒られる。物凄く間違えると「お前は観察力も発想力も先輩に対する尊敬もない。そういうことだから芸も伸びない」などと説教まで付いてくる。これも長時間聞いていると石になる。

僕も落語家の若手だった頃、これをちょくちょく出された。ある時はみたらし団子を買ってきて物凄く褒められたり、またある時はカラムーチョを持ったまま数時間説教を受けたものだ。

この問題の理不尽なところは、出した本人がきちんとした正解を持たずに出題しているところ。コンビニ袋から出した商品を見たところで初めて正解が決まるのだ。だって元《もと》から正解があるなら「コンビニに行って『とんがりコーン』を買ってきてくれ」とか「『笹かまぼこ』買ってきてくれ」とかいうはずだから。

しかも、ダッシュで戻ってくれば「ハムサンド」だったのに、長考して時間がかかった後では不正解とか、えらく時間はかかったのだけれども珍しくて、先輩の好みにピッタリの季節限定もののおにぎりを買って来たら大正解とかもあるのでスフィンクスを超える酷《ひど》い話だ。

いや、待てよ、酷い話じゃないや。だってこの問題は芸人として大事な発想力や観察力、相手に対する愛情などが鍛えられるから。っていうか、急にこんなことをいい出したのは、最近は僕も出す側の立場になってきたから。体育会系の理不尽なしごき宜《よろ》しく、受け継がれてしまうものなんだな、これが。

若手芸人とゲームなどやっている途中で小腹が空いた。さて問題「コンビニで美味しいもの買ってきて！」。出された千円札3枚を握って「わかりました」と元気に出て行く若手芸人君。おそらくわかっていない。「おいおい、美味しいものってなんだよ、せめておにぎりとかお菓子くらいいってくれよ」と思っている。僕も当時思ってたから。

で「わさび柿ピー」を買ってきて「伊集院さん、この間もこれ美味そうに食ってたから！」と理由を述べる若手芸人。で、正解発表。「なんだよ、わさび柿ピーかよ…違うんだよなぁ」と僕。僕自体、わさび柿ピーを見て初めて「何か今はこれ食いたくないな」と思っただけのこと。だいたい正解発表じゃない。不正解発表だ。しかも、食うし。

勿論、大正解の時もある。若手芸人君が買ってきたのはアンパンと牛乳。例によって出題時には何も考えていなかったのだが、それを見たら無性に食いたくなってきたっていうか「俺がいま食いたかったのはこれだ！」という気持ちになってきたから。

そもそも普段甘い菓子パンがあまり好きではない僕がそう思ったことに僕自身がビックリしていると、回答者曰く「さっき伊集院さんと見ていた映画の中で、刑事がアンパンと牛乳を食ってるシーンがあったでしょ、あのとき伊集院さん食いたそうな顔してたから」。御見《おみ》それしました。スーパーヒトシ君どころかウルトラスーパー伊集院君人形をあげたい。「そんなものより小遣いくれ！」だろうけど。

つい先日、超スーパーウルトラデラックス伊集院君をあげたい正解が出た。それが「森永とろふわプリン」という商品。聞けばファミリーマートの新製品だという。その存在も知らなかった僕は、いったん「なんだよ、プリンかよ…俺そういう気分じゃないんだけど…」と不正解を出しつつ、例によって食ったのだが、これが誤審を認めざるを得ないほど美味かった。おかげでここ2週間ほど難題は出ていない。「森永とろふわプリン買ってきてくれよ」というから。

「血で血を洗う」の話

小学校4年生のある日、学校帰りにクラスメート数人に待ち伏せされて、袋叩きにあった。理由は「最近調子に乗っている」とかそういうので、心当たりがなくもなかったからそれ程驚かなかったが、普段から一緒に家に帰るほど仲良くしているつもりだった、その日も一緒に下校途中だったS君が待ち伏せメンバーの一味で、開戦するや否やすぐさま向こう側についたのに酷《ひど》くショックを受けたのを覚えている。

「ちょっとこっちに来い」と、路地の行き止まりに連れ込まれてから、リーダー格のY君の号令でメンバー1人ずつ僕を殴りに来て、最後にS君の順番。普段僕とつるんでいるくらいだから、喧嘩慣れしていないS君はびびりながらこっちに来て、しばらく僕の前で泣きそうな顔をしていたが、涙がぽろりとこぼれた瞬間、堰《せき》を切ったようにパンチを繰り出してきて、「ごめん、ごめん」といいながら僕を何発も殴った。

いま考えれば、その時のS君の立場もわからなくもないのだが、その時の僕はこのS君の「ごめん」がどうしても許せなかった。

「俺を裏切って、待ち伏せをかけて、俺を殴っているのに『ごめん』ってどういうことだよ！」

その後は、片手でS君にヘッドロックをかけて、もう一方の手でがむしゃらに殴った。残りのメンバーが一斉に僕に殴る蹴るを始めたけど、必死でS君だけをぶん殴りまくった。鼻血が出て僕の手とS君の顔面が血だらけになっても止めなかった。僕の頭が切れて僕の顔面も血だらけになったけど止めなかった。

他のメンバーがひるみ始めたのも僕の拳《こぶし》に拍車をかけた。騒ぎを聞きつけた近所の大人が来て、他のメンバーが全員逃げていった後も、僕はS君だけを逃がさずぶん殴っていた。

ようやく大人に引き剝《は》がされたとき、S君は大人に助けを求めて駆け寄った。僕はその場で初めて泣き、事情を聞こうとする大人に目もくれず、泣きながら家に帰った。薄い夕焼けを見ていたら息もできないほど泣けた。怖かったのと、痛かったのと、悲しかったのと、悔しかったのと、いろいろで。

なんだか書いている内に拳の感触や、そこから響く音まで思い出して実に気持ちが悪い。トラウマに触れている感覚が皮膚にビンビンくる。

考えてみると、後にも先にもあんなにも暴力をふるったことなど…いや、ほとんど人に拳を振り上げたこともない僕だ。

その後、リーダー格のYともそれ以外のメンバーともそれなりに和解して、それなりにクラスメートとして過ごしたが、S君とは一切口をきかないまま過ごし、S君は半年ほど後に転校してしまった。

S君はこのことを覚えているだろうか。

「父親への反抗」の話

僕の父親は基本的に無口な放任主義者だったこともあり、学生時代に「俺は親父の人形じゃねえ！」みたいな反抗をしたことはありません。なめ猫ブームやら横浜銀蝿ブームの中、照れくさくて不良にもなりませんでした。

20歳を超えてもそれは同様で、尾崎豊の「卒業」を聞いても「おいおい、割れたガラスの破片とかを掃除する身にもなってくれよぅ」という感想しか持ちませんでしたし、「十五の夜」を聞いても「バイクを盗まれたほうは偉い災難だよ、やっとあきらめた頃に税金が来て『ああ、廃車手続きを取らなければ…なんで俺がこんな面倒くさいことを…』とか思うんだよ」といった感想。

「社会の歯車になんか…」物凄くなりたかったですけど、おつむの出来や、学歴的になる権利がないし、そんな僕を家に置いてくれる親には感謝っていうか「すみませんねぇ」という気持ちしかありませんでした。

そんな僕の父親への反抗といえば、なんといっても「シャンプー」です。

僕の父親は『ライオン』という会社にいて、小さい頃からよく自社の商品を家に持って帰ってきました。それは時に歯磨き粉だったり、洗剤だったりするのですが、たまに商品化前の試作品を持ってきたりすると、それが嬉しくて、その後発売されてテレビCMが放送されると「俺、2ヶ月も前からこれ使ってるんだぜ、時代を先取りしているんだぜ」てな気持ちになったものです。

小さい頃は、スーパーに行っていろんな会社の歯磨き粉が並んでいると、サンスター社のものより目立つところにライオンの製品をそっと置いたりして、健気《けなげ》な親孝行もしていたものです。ものすごく地味かつバカですけど。

で、中学校1年生の頃だったでしょうか、父親が会社から例によって試作品のシャンプーを持って来ました。確かオレンジ色でオレンジの匂いのするやつで、まだラベルがないどころか大きなポリタンクに入っていました。

夕飯時、母親と祖母、兄と姉と弟と僕、父親も含めて全員がオレンジの匂い。ただでさえ無意味にいらだっていた思春期の僕、その匂いにイライライライラ。そんな時に悪魔の誘いがあったのです。

日ごろ家庭でストレスが溜《たま》った思春期の少女に、悪い大人から風俗への勧誘があるように、自暴自棄になった少年に悪い大人から薬物の魔の手が迫るように、学校帰りの僕に悪い大人の手から「花王メリット」シャンプーの試供品が手渡されたのです。って、悪い大人じゃなくて単なるスーパー前で行われていたキャンペーンですけど。ライオンのシャンプーブランドはエメロン。オレンジのやつを使わないなら、別のエメロン商品を使うべきところを、禁断の「花王メリット」で頭を洗う僕。しかも「親父よ俺はもうあんたの思い通りにはならないぞ」というメッセージを込めて、花王のメリットをそのまま浴室に置いたまま出てくるという反逆ぶり。

まもなく帰宅した父親が風呂に入り、その後で夕食。オレンジの匂いが昨日より7分の1弱い食卓。姉が開口一番「ねえ、花王のメリット使ったの誰?」「俺」と僕。「えぇーずるいよ、家はエメロン以外駄目じゃないの?」。姉が続ける。「そんな決まりないだろ」と僕が反論。母が「何でオレンジのやつ使わないの?」僕「臭えからだよ!」で、ご飯を中断し自分の部屋へ。

次の日の夕方。父親が会社から帰ってくるなり、無言でお土産をくれました。袋の中身は花王のメリットでした。

なんだかいたたまれなくなって「あのさ、あのオレンジのやつさ、匂いがきつすぎて学校でバカにされるからさ、嫌だっただけでさ、そしたら学校帰りにスーパーで普通のシャンプー貰ったからさ…」というと、父親は「よそのシャンプーを使った感想がもらえるとありがたいと思ったから。特に若い男の」といい、風呂に入っていきました。

僕の反抗はそれで終わったわけですが、何年かしてからいつものように帰宅した父親が、久しぶりに持ってきた大量の試作品「植物物語（微香）」を母親にではなく僕に手渡した時は、何だかむずむずしたものです。

まぁ「メリットのシャンプーで頭をごしごし洗った」は、尾崎豊の歌詞には出てきそうにありませんけど。

つ

「釣り」の話

今年が草野球ブームであったように、数年前にはイカ釣りブームがあった。といっても僕の中だけでのことだが。きっかけは「とにかく釣りたてのイカを船の上で食べてみたかったから」だった。

「釣りたてのイカを船の上で」は実に魅力的な言葉だ。金持ちが「フランスの三ツ星レストランで10万円のコース料理を」なんて自慢話をしても、漁師のおっさんの「何が旨いったって、釣りたてのイカにはかなわねえべ」の一言の前にはぐうの音も出まい。

そんな訳でイカ釣りへ、といってても釣りのことなんかなんにもわからない。「そういやあスポーツ新聞に釣り情報の欄があったような…」と思い、駅でスポーツ新聞を買って見てみると…ない。確かあったはずのところにはエロ情報が満載ではないか(後でわかったがスポーツ新聞の中には駅売りはエロ、配達版には釣りというのもあるらしい)。しばらくエロ情報を楽しんだ後「釣り関係の雑誌があったはず…」と思い直し、本屋に行くとあるある。

『つり情報』やら『フィッシングマガジン』やら、さてどれを買おうかと迷っていると『へら鮒《ぶな》釣りマガジン』とか『バスフィッシャー』とか、ただ釣りだけでなくかなり細分化されたものまであることに気づく。そういえば僕がよく買うコンピュータ雑誌だって『ウインドウズ』や『マック』とか『モバイル』とか、更には『ウインドウズビギナーズ』まで細分化されている。

「じゃあ『イカ釣りマガジン』や『イカフィッシャー』とかはないのかな。『イカ釣りビギナーズ』があれば…」と探すが、それはない。

とりあえず海釣り全般系の雑誌を2冊ほど買ってめくってみると、小田原でイカが釣れているらしい。そこに書いてあった船宿に電話をかけてみることにした。

「もしもし、明日イカ釣りをしたいんですけど」「はいはい今はヤリイカがバンバン上がってますよ」「そうですか。で、私は初心者なんですけど、道具は…」「はいはいイカ釣りロッドをお貸しすることが出来ますよ」「…イカ釣りロッドって何ですか?」「…イカ釣り専用の竿ですけど…まあ、なければ普通のロッドでも…ただ電動リールがないと…」「電動リールって何ですか?」「?」「初心者なんです」「初心者って、イカ釣りが初めてってことじゃ」「はい。海釣りが初めてです。っていうか釣り堀のコイと、あとはザリガニ釣りくらいしかやったことありません」「…」

そういえば全く釣りをやったことがない僕でも、「へらに始まりへらに終わる」なんて釣り格言を聞いたことがある。電話に出た船宿の人の反応から推測するに、どうやら「いきなりイカ釣り」というのは結構無謀なことらしい。けれども僕がしたいのは『イカ釣り』であって『釣り』ではない。まして『へら鮒《ぶな》』なんて釣りたくない。食べられないし。

かなり困った様子の船宿の人を拝み倒して、約束を取り付けることに成功した。ただし、電話を切る時に相手方がいった言葉は「釣れなくても知りませんよ」になっていた。ほんの10分前には「バンバン上がってますよ」だったのに。

とりあえずヒマそうにしていた友人を「釣りたてのイカを船上で」の口説き文句で口説き落として同行してもらうことに。何を持っていけばいいのかわからないから、とりあえずクーラーボックスと「生きたイカをそのまま醤油の中にボチャンボチャン投げ込んで作る『イカの沖漬け』ってのがこれまた旨いらしい」との生半可な記憶から「とりあえず醤油を持っていこう」ということになり、業務用の3リットルペットボトルの醤油を3本9リットル分買って新幹線で小田原へ。

小田原駅からタクシーでワンメーターで船宿に乗り付けた僕たち。おそらく電話に出た人であろう若旦那と、おじいさんが話している。

「来た来た、この人たちがさっきいった…」「ほう。釣りをやったことないのにいきなりイカ釣りの…」

苦笑いしつつ頭を下げる僕。「まあ、行くだけ行ってみっか」とじいさん。「でも、まぐれで1パイでも釣れれば儲けもの…」といいかけた僕に「こりゃまたでっかいクーラー持って来て、空っぽで帰ることになっても知らんよ」と大笑いのじいさん。さらに苦笑いの苦味を強める僕。

さて出航。そしてさっぱり釣れない。釣れないだけならまだいい。得意の言い訳能力をフル回転させて「この船長は腕が悪いからイカがいるところがわからない」とか「今日に限って潮の流れが〜」とかいっていれば何とかしのげるから。それが困ったことに隣のじいさんだけはバンバン釣っているのだ。すっかり無口になるほかない僕ら。

さらに複雑なイカ釣りの仕掛けは何度もこんがらがって、それを無口なままほどいているうちに、すっかり船酔いしてしまい、最終的に僕の望みは「1パイでいいからイカよ釣れてくれ」から「早く岸に帰りたい」に変わり、その望みが叶えられた時には空腹&疲労、船酔い、羞恥心《しゅうちしん》等々でぐったりだった。

「やっぱりわしのいったとおり空っぽじゃったな」とじいさん。「へん! 空っぽじゃねえよ。醤油が9リットル入ってらぁ」といい返す気力もないし、いえば余計空しくなる。すると、じいさん。パンパンに膨らんだコンビニのビニール袋を差し出して「土産だよ」と一言。中にはいま釣ったばかりのイカが5、6パイ入っていた。

家に帰ってそのイカを刺身にして食べた。とても美味かった。が、これは「釣りたての〜船上で」ではない。醤油も山ほど残っている。悔しくて再度チャレンジを誓った。

結局「釣りたての」「船の上で」が達成されたのは3回目の乗船の時だった。その間、全て用意したのに雪で中止になったり、小田原まで行ったのにシケで船が出なかったり、失敗を道具のせいにしてイカ釣りロッドと電動リールを買ったりと、軽く10万円以上投資しての釣果2ハイだった。

旨かった。涙が出るほど旨かった。けれど冷静に考えてみれば「三ツ星レストランのコース」よりもずっと高い食事になっていた。

今や、イカ釣り道具は倉庫で眠っている。いつか再ブームは来るのか？　野球道具はいつ倉庫に眠るのか？　次は何ブームが来るのか？　僕にも予想がつかない。

「つらい仕事」の話

久しぶりの食ロケ。最近ではテレビでも耳にする言葉なのでしれっと書いてみたが、知らない人もいると思うので「食ロケ」とは、食べ物系ロケのこと。いわゆるグルメレポートとかのこと。念のため食器棚ロケットではありません。無理やり書いたけど食器棚ロケットって何だそりゃ？　食器棚の下の段に火薬をぎっしり詰めて上の段に乗り込んで点火、それが久しぶりって事は少なくとも過去に1回はチャレンジしているということか？　よく無事だったな俺は。

気が済むまで脱線したので本題戻ります。今回はステーキ特集ということで、都内4軒の有名ステーキ店にて極上のステーキをいただいてその感想を述べるという、普通考えたら「ステーキ食ってギャラもらうって、この就職難のご時世にどれだけ贅沢な仕事をしているんだお前は!?」てな話だが、本音をいわせてもらうとこれが結構な重労働。

考えてもみて欲しい。普通、ステーキを1日に4枚も食うだろうか？　正直な話、僕がこの世界に入るまでのステーキペースは3年に2枚くらいのペースだった気がする。しかも極上ときてこれが地獄。上質の肉イコール霜降りということになっている昨今、これが極上となると、もうほとんど脂。勿論、同じ牛の脂でも3年に2枚のペースで自前で食べてた駄ステーキの脂と比べたら天と地ほどの差があって、めちゃくちゃ旨いんだけれど、脂は脂。そうそう食べられるもんじゃない。

そのうえ、食べるのはステーキのみで、ライスはなし。あったらあったで4軒回ることを考えるとそれはそれで胃袋のキャパシティ的にきついんだけど、肉肉肉肉肉肉肉食べてると最後のほうは味なんかもうわからない。なんだかバターをむしゃむしゃ食ってるような気分になってくる。

2軒目のお店に移動の間に液キャベを飲み、口の中を完全リセット。で、2軒目も極上サーロイン。1口目…旨い。肉肉肉肉、後半はもうバター。移動中液キャベ2。さあ3軒目。さてこの手の番組の製作者が、こういう1種類のメニューを特集する時に気を使うのが、業界用語でいうところの『画《え》変わり』というやつ。画面に同じようなステーキが映り続けることで視聴者が飽きてしまわないよう、同じステーキでもちょっと変化球を用意する。カレー特集で、容器がパイナップルのフルーツカレーが出てきたり、真っ黒いブラックカレーが出てくるのがこの『画変わり』。

そこで、この番組の製作者が考えた『画変わり』は、同じサーロインステーキでも見た目が超巨大という『極上サーロイン1キロステーキ』…1口目はやっぱり旨い。肉に苦肉に苦肉、平仮名で「にくにくにくにくにく」と書いて変換したら誤変換で「に苦肉に苦肉に苦」になってしまったが、まさにその通りなので修正なし。移動中ソルマック。マネージャーの小林君が飽きないように一回一回胃薬を変えてくるのが憎い。4軒目、コンテストで1位を取ったというブランド牛の極上サーロインステーキ。1口目物凄く旨い。もう2口目からは、単なる牛、3口目からは苦肉。で、なんとかロケ終了。

家に帰ると、体中から肉の香りを放つ僕に妻がいう。「いいなあ、自分だけ超高級なステーキ食べてさぁ、今日行ったお店に今度連れて行ってよ！」。

妻よ、連れて行ってやりたいのは山々だが、僕本来のステーキペースからいうと、次にステーキを食うのは6年以上先になるのだよ。

なかがきいち

「なかがき」って何だ？　しかも「いち」って。中井貴一に似てるが…。と思った皆様方。同時発売中の『のはなし　にぶんのいち～キジの巻～』の巻頭に「なかがきに」があって、その巻末に「あとがき」があり、要は「勢いでそっちも読んで下さいね」方式という僕の企みとは気づいてないでしょうね。しめしめ。

　さて、自ら希望して写真を載せてもらえることになったのに「困った」とは？　闇の中で高笑う紫色の鬼の面を被った男の正体は!?　というのが、巻頭「まえがき」の内容でしたが、「困った」から。

　見ていただいた通り、僕の撮る写真は訳のわからない物ばかり。しかもデジタルカメラのこの時代、フィルムの頃ならフィルム代も馬鹿にならないので1枚シャッター切るのにも慎重になっていたというのに、撮りまくりの撮りっぱなし。中には同じ亀の写真をあっちから撮ったりこっちから撮ったり、下手すりゃあ1秒間に何枚とか連写したりと、もともと訳がわからないのに、1枚前と1枚後で何が違うのかもわからない中から、本に載せる1枚を決定した上に、それぞれのコーナータイトルを決めなきゃいけない。というか、本来誰にいわれたわけでもないので決めなくてもいいのですけど、決めると決めたからには決めなくてはいけない。それどころか、それを50音順にしなければいけない。だから、いけなくはないのに…。

「そうしたら楽しいだろうなあ」と思った時は、出来上がりだけを想像してヘラヘラしていた僕ですが、これがこんなに大変なことになろうとは気づいていませんでした。

まずはなにより、全64ページで見開きの2ページの作品が結構あるので、50音分掲載するには同じ頭文字のタイトルをつけることができない。亀がいっぱい写ってる写真は、今まで「亀田兄弟」と読んできたシリーズだし、顔に見える家の写真は「顔家」と呼んでいた。同じ「か」だ。そこで「顔家」を「フェイスハウス（キジの巻に収録）」に変更。「フェイス、ハウス、ちょっと韻を踏んでてより面白いじゃないか」と悦に入っていると、犬の糞の描かれた看板を集めた「糞《ふん》看板」とかぶってしまうことに気づく、そこで「糞《ふん》看板」を「糞《くそ》看板」に読み替えて…クレーンの写真はただ「クレーン」って呼んでたぞ!?

しかし、写真整理の恐怖はまだまだ序の口で（キジの巻、巻頭なかがきにに続くので、是非そちらも読んで下さい。あと、鬼の面の男は…）、

〈制作協力〉
株式会社ホリプロ

〈special thanks〉
永井広伸（HORIPRO）
下尾苑佳（HORIPRO）
金　成徳（HORIPRO）
•
渡辺雅史
•
小林孔人

〈very special thanks〉
篠岡美佳

〈出版コーディネート〉
㈱サイバーキッズ

〈カバーデザイン〉
鈴木成一デザイン室

〈本文デザイン・DTP〉
Mario Eyes

〈編集補助〉
山崎恵美

本書は2007年10月に小社より刊行した単行本『のはなし』を分冊・改訂し、文庫化したものです。

宝島社
文庫

のはなし にぶんのいち～イヌの巻～
(のはなし にぶんのいち～いぬのまき～)

2010年4月20日　第1刷発行

著　者　伊集院光
発行人　蓮見清一
発行所　株式会社 宝島社
〒102-8388　東京都千代田区一番町25番地
電話：営業03(3234)4621／編集03(3239)0069
http://tkj.jp
振替：00170-1-170829　㈱宝島社
印刷・製本　株式会社廣済堂

乱丁・落丁本はお取り替えいたします

First published 2007 by Takarajimasha, Inc.
ISBN 978-4-7966-7642-7